FLORET
READING

小花阅读

我们只写有爱的故事

青春阅读　幸得相见

有爱的青春陪伴者

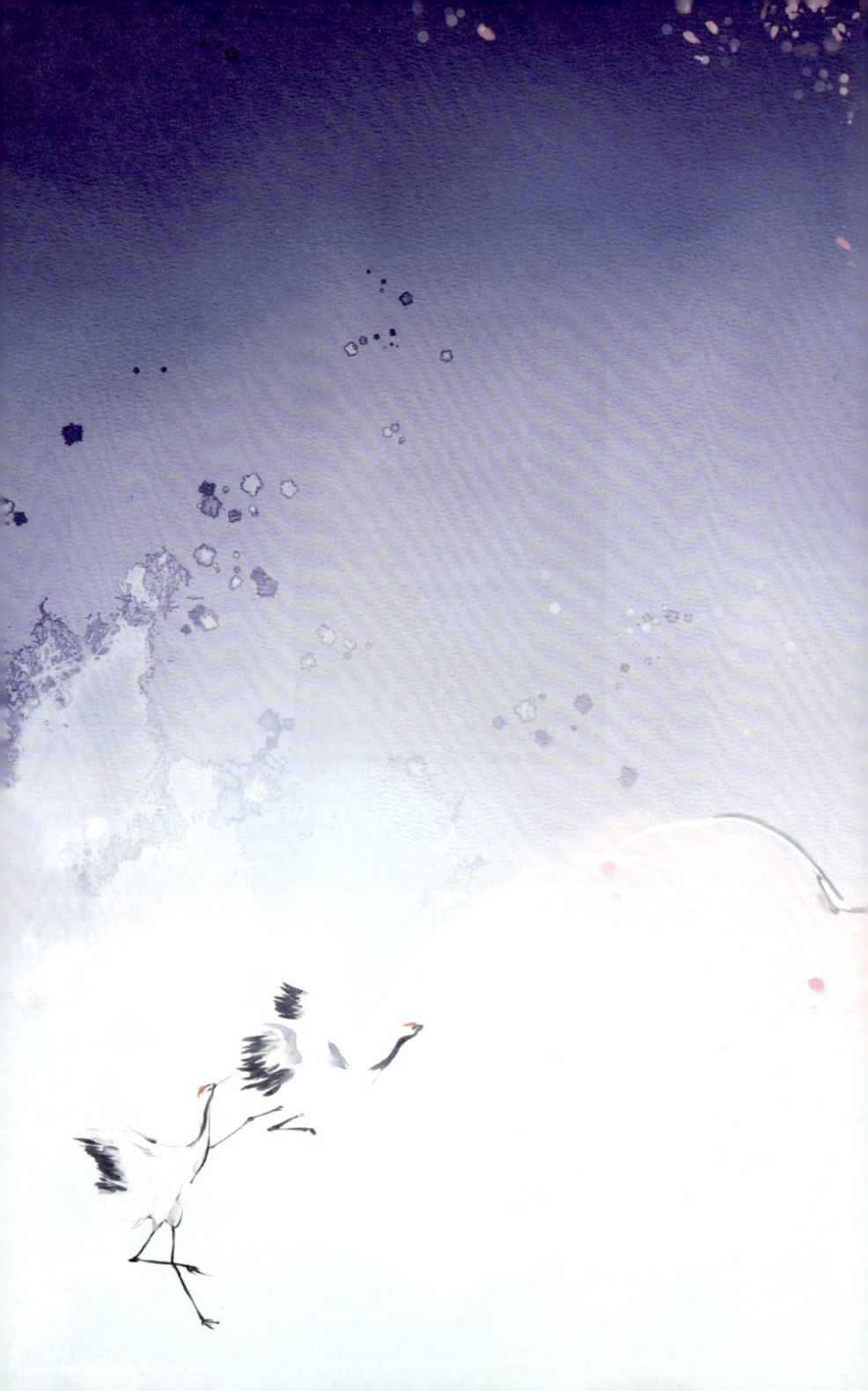

大梁

生存直播间

苏皮皮 —— 著

贵州出版集团
贵州人民出版社

作者简介

苏皮皮
SUPIPI

| 小 花 阅 读 签 约 作 者 |

一倍苏两倍皮的结合体。
"德云社的编外女弟子",相声界的明日之星。
今天也是脑洞大开的一天。
嘘——
我们的相遇,就是世间最大的美好。

已出版作品:《一失足成千古恨》

大梁

生存直播间

目录

- **第一章** / 直播开始 / 001
  两百多年前，人们冲入贵族的动物园，要求平等观赏；
  两百多年后，他们观赏的对象变成了人。

- **第二章** / 真假公主 / 027
  自作聪明，有时比真正的愚蠢，要可笑得多。

- **第三章** / 公主姻缘 / 052
  姻缘是人编的，天定是骗鬼的。

- **第四章** / 双面君王 / 077
  狗和狼看上去相似，实则不同。
  狗尾竖起，是为乞怜；狼尾垂落，意在全力一击。

- **第五章** / 赛制升级 / 102
  没人喜欢被代表，
  正如代表的人不喜欢被给予的符号。

- **第六章** / 公主大婚 / 130
  人生如戏，前提不是偶像剧。

大梁
生存直播间

目录

· 第七章 · / 暮夜无知 /161
天知、神知、我知、子知，何谓无知？

· 第八章 · / 镜花水月 /200
镜中观花虚澄澈，梦外人间一罡风。

· 第九章 · / 公主遗计 /220
是为人棋子，如牲畜一般苟活着，还是摆脱束缚，遵从本心去抗争？

· 第十章 · / 不负相遇 /241
有些人，初遇即是死别。

· 番外 ·
01 苏玥篇 一茎两枝 /265
02 苏恒篇 野史传闻 /272
03 正月篇 清辉殿杂记 /278

·第一章·

直播开始

> 两百多年前,人们冲入贵族的动物园,要求平等观赏;两百多年后,他们观赏的对象变成了人。

"请问您现在心情如何?"女主持人问道。

她看上去显然不是那么专业,一看就是这个破科技公司不知道从哪儿聘来的临时工。

毕竟,她脸上的职业假笑,一点都不动人,甚至有些许油腻。

苏悦坐在直播镜头前,艰难地扭动了一下脖子,勉强与镜头对视了一眼,脖子往下皱出大把干纹,姿态相当不雅。

但是,这也不能怪她。

因为,她现在整个人被捆成了一条等待被片的金钱腿。

"砰!"一声脆响。

女主持人手一抖,话筒不小心戳到了她的嘴角。

苏悦已经听到了自己口腔内壁被磕破的声音,而这个女人,还在好整以暇地问她心情如何。

"这个问题，我觉得你应该去问乡下过年待宰的猪。"苏悦对着她一笑，示意她看看被五花大绑在椅子上的自己。

"咳，看来您还挺幽默。"女主持人尴尬地别开了话筒，转头面向直播间镜头。

"大家好，这里是由天一科技主办的古代生存直播挑战节目，我是主持人花花。今天，我们将迎来我们这个游戏的第十位挑战者。她到底能不能获得我们最终的三百万元生存大奖呢？让我们一起拭目以待！"

现在是2078年，在伟大的爱因斯坦先生逝世一百多年后，人类终于完美地将他的相对论付诸现实，绝对时空概念被打破，穿越时空不再是影视剧里的幻想。

而就在前年，华国天一科技终于成功研制出了两台时空输送机，它能够将人的脑电波，传送回历史上的任一时空节点。

天一科技的创始人兼CEO是一个脑洞比他的野心还要大的人。当他把其中一台时空输送机无偿送给华国国家科学院后，目光落在了另一台机子上。

"我们拿它搞个古代生存直播吧。"

秘书去交文件的时候，听到了老板这么轻描淡写的一句，脚下险些一崴。

"呵呵呵……直播？这都二十一世纪初的玩意儿了，都过时多久了，您还挺复古？"

老板抬起头，淡淡道："没钱了。"

于是，这个赚钱的新路子就这么简单粗暴地定下了。

生存直播挑战面向全国，挑战者不限年龄、身份、性别，只要报名即可参加。

死亡即游戏结束，回到现代。在古代撑过一年不死且生存积分在一百以上，就可以拿走三百万元奖金。

但是，规则相当变态。

你的所有选择都由观看直播的观众决定，意思就是，观众如果选你死，你也得无条件服从。

不服从也行，违背一次，扣五十积分。两次不听话，积分清零。

——还是Game Over（游戏结束）的命。

碰上个把没节操的，估计分分钟都是坑。

之前那九个不信邪的，最好的成绩，是十天。

观众们翘首以盼第十个傻子的出现盼得花都谢了，终于等来了第十只待杀的"猪崽"。

苏悦自己对钱倒是兴趣不大，她从小跟石头里蹦出来的美猴王似的没爹没妈，打着杂工也这么顺顺利利地混到了二十岁。

但是，小琪的病等不了了。

科技再进步，没有钱来买，人家医院也不会拿仪器免费给你治。

这才是亘古不变的定律。

"那么，"女主持人给苏悦戴上了传送头盔，按下了传送椅上的准备键，"挑战者苏悦，您准备好了吗？"

苏悦的头被固定住了不能动,就对着她眨了眨眼。

"那么,一——二——三——开始!"

苏悦闭上眼睛,听到了耳边传来的机械的金属音。

"检测完毕,心率一切正常,下面开始传送……"

她眼前一黑。

"隆隆……"

耳畔是滚滚的车轮声,苏悦是被自己胃里那股想吐的冲动给逼醒的。

她睁开眼睛一看,自己正在一个飞驰的马车车厢里,旁边还缩着一个瑟瑟发抖的丫鬟打扮的人。

疾风掀起了车帘,窗外追赶的,全都是喊着要取她狗命的人。

"公……公主,我们怎么办啊?"小丫鬟用带着哭腔的声音问她家公主。

结果,她家公主转过头来,露出的神情比她还要迷茫。

苏悦也是蒙的——

发生什么了?拜托好歹先给点什么提示吧?

这时,她的眼前忽地亮起一个半透明的 LED 屏,上面写着:

你是晋国被迫前往梁国的和亲公主苏玥,现在你的车队被敌人围困,你是追杀目标,你会:

A. 等死

B. 和侍女互换身份

正常人当然选 B 啊，苏悦心说。

然而，还没等她反应过来，电子屏上的字又自动刷新了。

观众投票结果已出——

你的选择是：A. 等死。

苏悦："……"

她终于知道前头九个都是怎么凉的了。

这些观众根本就是想玩死他们啊！

史上最快出局的玩家即将诞生。苏悦闭上眼睛，坐好，安静等死，横竖都是死，不如死好看点。

"嗖——"

一支羽箭破窗而来。

下一秒，一股温热腥臭的液体喷在了她脸上。

她猛地睁眼，僵在原地。

刚才还活生生的小丫鬟，被一箭刺中，嘴张得大大的，看上去像是连惨叫都来不及发出，就断气了。

丫鬟的脸正对着苏悦，死不瞑目地看着她。

正常人看到这种画面，估计不吓疯也得跑出去吐个天昏地暗再回来。

苏悦死死地咬住自己的舌头，不让自己发出尖叫。她第一次有了游戏以外的真实感。

真的是会死人的啊！

此时，第二道破风声响起，苏悦猛地转头，箭头直指她眉心，避无可避!

"叮!"

一阵更为凌厉的箭风掠过,空气中响起一声冰冷的金属碰撞音。箭头被那股力道震得一偏,擦着她的头发,死死地钉入了车厢壁。

生死一线之际,有人出手救了她!

窗外又是"嗖嗖"两声,马车缰绳应声而断。

骏马疾驰而去,车厢脱开骏马骤停,因为惯性整个向前一翻,苏悦被这力道掀得头朝下向车厢外栽去,然后,"嘭"地摔到了地上。

不久,传来一声马后炮似的淡淡的问询:"没事吧?"

苏悦:"……"

她用手捂着出血的鼻子,遥望着树梢上身手敏捷、出箭利落的蒙面男子。

那男人一出手,就是三箭齐发。地上躺倒了一片杀手,看他那得心应手的样子,杀人就跟切菜似的。

大哥!你这么悠闲你倒是来扶我一把啊!苏悦悲愤地想。

所有杀手被清理完毕,男子飞身一跃,轻轻落地,足不染尘。面具下露出的一双眼睛,居然是少见的浅褐色,微微眯起时,看上去就像一只正待狩猎的狮子。

杀了这么多人,他连衣服都没弄皱。

"抱歉,来晚了。"他向苏悦走了过来,周身散发着一股上位者居高临下的气势。

这是苏悦小时候在街上跟在前辈后面混饭吃那会儿练就的看人

本事——究竟是有钱装低调，还是打肿脸充胖子，她一眼就知道。

这个男人，绝不是什么普通人。

男子走到她面前，看了眼她流血的鼻子和满脸的灰，从袖子上扯下一块布递给她："擦擦吧，好歹是个公主。"

苏悦搞不清楚他的路数，脸上不敢露出多余的表情："多谢。"

"不问我为什么救你？"那双狮子一样的眼，直视着她，带着瘆人的压迫力度。

苏悦觉得自己实在是没办法把目光从他的眼睛上挪开。

这双眼真的太引人注目了……

准确来说，是太吓人了。

男人意识到她在盯着自己的眼睛看，偏了偏头。虽然看不到面具下的脸，但苏悦直觉，他好像不太高兴。

男人似乎笑了一下，话里的情绪不太分明："怎么，连你也把我当怪物吗？"

那个该死的电子屏，在这个时候，又不合时宜地亮了。

你认为这个男人是怪物吗？

A. 是

B. 不是

观众的票选结果是：A. 是。

然后，苏悦悲惨地听到了自己嘴里吐出的两个字："是啊。"

是啊，你就是个怪物。

男人笑了一声，似乎毫不意外。

"果然啊。"他说。

听听这自暴自弃心痛到无法呼吸，仿佛世界毁灭了的语调啊！这些观众怎么选得下手！

"怪物有什么不好？"苏悦脑子一转，顺着错误的选项开始强辩，"我还想当怪物呢。"

男人看着她，讶异地挑了挑眉梢。

"怪物能保护自己，"苏悦指着满地的尸体，又指了指自己，"跟我这样的待宰的羔羊。"

"你的假话，挺好听。"

苏悦听出了他声音里淡淡的笑意。

她讪笑了一下："是吗？哈哈……"

男人忽然顿了顿，道："接你的人要来了。"

苏悦一愣："啊？"

没等她反应过来，蒙面男人已经几个起落跃上树梢，然后没了踪迹，只剩下带笑的余音在风中渐渐飘散——

"你可得活着到皇城啊，晋公主……"

苏悦："？"

不是,这就走了？就不能给点提示吗？没提示你留个"滴滴打人"的联系方式随叫随到也行啊！

那蒙面人说，有人会来接她。结果，她在原地琢磨了半天公主的造型该怎么摆，却一直没等到人。

这个公主的鞋子带了个厚厚的底盘，估计是古代版的高跟鞋。

她一撩裙摆，找了个空地坐了下来，站着干等了半天，脚痛死了。

结果在坐下去的时候，她不小心踢到了一具杀手的尸体。

骨碌碌……

一颗药丸似的东西，从尸体的嘴里滚了出来。

她想起以前在天桥听评书的时候听到的演义段子，试探着伸出脚，一脚踩爆了地上的药丸。乌黑的汁液染脏了她的鞋子，散发出阵阵异味。

黑水溅到旁边的野花的花瓣上，被沾到的部分，瞬间枯死。

她壮着胆子，扒开尸体的嘴唇。果然，靠里的地方，少了一颗牙。

评书里面说，过去有些王公贵族，会在家里养死士。每个死士都会在口里藏毒，执行任务时如果被抓，为了不屈服于严刑拷打，暴露主人身份，就会咬破牙齿里藏的毒自尽。

换句话说，这些人，不是被买凶来杀人的，而是王侯家养的死士。

远处忽然传来了马蹄声，苏悦闻声而起，拍了拍身上的灰尘，赶紧摆好练了半天的公主造型。

不一会儿，马蹄声渐响。打头一人身披轻甲，金鞍在下，玉带着身，身后旌旗招摇，刺着一个大大的"宁"字。

那人勒住马，看着眼前明显团灭的车队，半停在前面，却并不下来，只是高坐马上，打量着她。

在他身后，有人问道："可是晋公主殿下？"

苏悦点点头:"正是。"

"宁王萧玦,奉诏来接晋公主。"打头人终于开口了,甚至还下了马亲自来迎她,看上去无比的礼貌亲切。

但是苏悦本能地觉得,这个宁王殿下应该是更想来接她的尸体的。

苏悦靠在车窗边,看着日暮之时,渐红渐深的夕阳。

古代生存直播的第一天,就这么有惊无险地过去了。

按照赛制规定,直播员的上班时间是现代的早上九点到下午五点。其余的时间,直播关闭,挑战者可以不受观众票选约束,自由活动。

也就是说,晚上的苏悦是自由的。

马车忽然停了。

外面有人通报:"殿下,酉时了。"

"所有人停下,原地安营。"

有人来请苏悦下车。她避开了那个跪在地上给她做踏脚的小兵,自己从旁边蹦了下来,惹得那小兵在地上跪着愣了半晌。

苏悦低头看了他一眼。

"你盔甲太硬了,我怕摔。"

她随便找了个靠谱的理由。

其实她最看不得这种卑躬屈膝的样子了,大家都是人,干吗非得给人家做牲口用呢?装了一天公主了,现在是她的自由时间。

"起来吧,"宁王出言唤起了地上愣怔的小兵,"看来是本王思虑不周了,请公主恕罪。"

"没事儿。"

"不过……"宁王对着她一笑,笑得她脊梁骨有些发冷。

她总觉得这个宁王身上有一种冷血动物的阴沉感,让人很不舒服。

"传闻晋人最为尚礼,尤以公主为甚。克己奉公,讷言敏行,大梁境内,亦有不少君子奉公主为圭臬。今日一见,本王倒觉得,公主不肖传闻那般不好亲近。"

苏悦无语,你说人话行不行?她一个黑户,真没接受过十二年义务教育。

于是,她死死地闭着嘴,一声不吭。

这般行径落在宁王眼里,却是另有一番意思。

他方才明褒暗贬,嘲讽晋公主为了标榜自己,刻意不用那人垫脚。没想到,对方却置若罔闻,依旧是那副冷若冰霜的样子。

之后的十几天,类似的试探还有很多。

有时是白天,观众操控着她;有时是夜晚,她自己扛雷。苏悦用自己的法子,把这个晋公主扮演得滴水不漏。

起码她自己是这么觉得的。

通过那些人,她也对自己扮演的这位晋公主,有了一个初步的了解。

怀明公主苏玥,晋国皇长女,现任晋帝他姐。

别的姑娘是用美貌震惊天下,这位皇女靠的是雷霆手段。

晋国皇室一向子嗣凋零，这一代更是只剩下了长女苏玥和幼子苏恒两人。

先皇宠幸宦官罗氏，做了一件"脑子进汤"的蠢事。

他封罗氏为枢密使，主掌军务，一下子权力大到只手遮天的地步。不久，老皇帝便撒手人寰，留下一对幼年儿女，被他脑子里灌进去的汤淹得半死不活。

那会儿，小皇帝十岁，小公主十一岁。

两个半大孩子就这么在老太监的压迫下挣扎求存了几年。

直到晋公主十六岁那年，老太监的侄子看上了年轻貌美的小公主，居然想把人给娶了。

人人都以为小公主会不堪其辱，来个守节自尽。

结果，她答应了。

后来的事情，让怀明公主苏玥，在两国一战成名。

她在喜服内戴甲藏袖箭，拜堂之时，当众射杀坐在正堂的枢密使，挟持罗氏侄子，向着呆怔的众人，冷声发问："罗氏已然伏诛，尔等还不认罪？"

羽林卫冲了进来。

罗氏被抄家灭族，其余世家也被这杀鸡儆猴的行为所震慑，不敢发难。

罗家行刑之时，公主立于高台之上，睨着四下众人。

"怀明在国一日，便无人可欺于我苏氏门楣之上！"

这个人设真是听得苏悦热血沸腾。

好一个玛丽苏（过度完美的人物设定）中的战斗机！

拿着这样的人设本子，难怪她不管说什么，人家都会认为她是别有深意。

这可是个一言不合就大开杀戒的主啊！谁敢轻易跟她找不痛快啊？怕不是嫌自己命长？

不过，话又说回来了。

苏悦皱着眉头，看着远处慢慢显出轮廓的梁国巍峨城门。

她想起了电子屏给她的第一个问题："你是晋国被迫前往梁国的和亲公主苏玥，现在你……"

这里，提到了"被迫"两个字。

晋公主这样的能耐，谁能"被迫"她呢？

"公主殿下。"一个恭敬的声音打断了她的思绪。

她回过神来："什么事？"

"今日巳时便可抵达皇城，请殿下做好面圣准备。"

与此同时，2078年直播间。

持续的赶路剧情没有一点波澜可言，观众无聊到打电话向主办方投诉，要求要么来点刺激的，要么就干脆想个办法搞死主角算了。

主办方看着持续下跌的收视率，也是很崩溃，只能不住地向观众承诺："快了……就快了……"

梁国，正殿。

来之前，苏悦还满心期待，以为自己终于可以看到活的皇帝了.结果她跟在宁王身后，一踏进殿内，差点没被正前方的宝石屏风反射出来的各种颜色的光给晃瞎眼睛。

谁能想象到，梁国正殿的龙椅前面，居然立着一个有一人高的宝石屏风！

上面镶嵌着各色苏悦连名字都喊不出的宝石，极尽浮夸之能事！这些宝石颜色各异，形状各异，唯一的共同点就是：亮！

惨绝人寰的那种亮！

闪到你多盯着那个地方看一会儿，把眼睛往别处转都是黑斑的那种程度。

梁国英明神武的皇帝陛下，就龟缩在那个屏风后面，连个衣角都看不到，只是勉强能分辨，屏风后面端坐着一个影子。

屏风后面的人招了招手，旁边站着的司礼太监就凑了过去。

过了一会儿，司礼太监出来了，对下面说："陛下旧疾复发，故而置此屏风珠帘，不愿众卿窥其病容。"

苏悦这才明白。

哦，原来不是每天都这样啊。

也是，好好一皇帝，干吗把自己整得跟垂帘听政的太后似的。

屏风后的人又招了招手，向司礼太监说了些什么。

这一次，苏悦敏感地觉得，那老太监的眼睛，落在自己身上了。

果然——

"陛下问，晋公主来之前，未曾指定和亲人选，那么陛下与宁王，公主愿意择谁为夫？"

晋公主，这……这么"刚"的吗？

还有和亲不指定人选这种骚操作？古代人这么开放的吗？

满朝文武的目光，齐刷刷地会聚到了她的身上。

苏悦告诉自己，要冷静，先分析一下。

来的路上，通过收集宁王士兵们的聊天信息，她已知的情况有这些——

梁国国内，宁王萧玦与太尉陈子文两党相争，梁帝萧枕是个小可怜，并没有实权。

嫁给萧枕，等于陪着他一起任凭两党宰割，而且这个小可怜不知道是不是被宁王和太尉给捶自闭了，有点反社会人格倾向，一言不合就把气撒到宫人身上，有打死宫人的前科。

总之，一句话，谁嫁他，谁傻瓜。

宁王虽然远看笑面虎，近看毒蛇怪，满脸都写着"老子在算计你"，但好歹还算个人啊，努力一把没准儿还能在他下手之前跑掉呢。

苏悦觉得自己已经选好了，施施然开口——

"我选陛下。"

苏悦：？！

满朝文武震惊，苏悦本人更震惊。

什么鬼？电子屏上面什么时候出的题目，她怎么不知道？现在已经玩得这么魔鬼了，出题之前都不带提醒了吗？

宁王与梁帝，你选择：

A. 宁王

B. 梁帝

"观众的选择是，B 梁帝。"

她盯着电子屏上不知道什么时候已经票选完毕的题目，仿佛能透过它，看到直播镜头后的观众，笑得打战的样子。

"傻瓜女主，怕了吧？"

尘埃落定，朝臣一片哗然。

宁王神色不悦，太尉面中带喜，苏悦脸上写衰。

萧枕应允，称病，命令司礼太监退朝。

约莫半个时辰后，萧枕寝宫清辉殿内，传出萧枕暴怒，将一个惹怒他的宫人打得半死丢去刑房的消息来。

据说，陛下发怒的原因是，不想要这个不请自来的新皇后。

"不请自来"的苏悦本人，摸了摸自己的后脖颈，心下凉凉。

妈耶，惹上变态了！

夜晚，一个穿着单衣的女子，偷偷闪出偏殿，看着四下无人，撒腿就跑。狂奔了许久，她才跌跌撞撞地靠在一块大石头上喘着粗气。

原来是苏悦。

刚才真的是太险了！差点让值夜的侍卫撞见！

她后怕地拍着胸口。

本来，她是想着白天观众都盯着她，不方便，晚上能自由行动了，就出来熟悉熟悉地形，这样出了什么事，她还能快速跑路。

她的第六感告诉她，梁国各派之间撕得不是一般的热火朝天，而且晋公主好像还是处在旋涡中心的那个位置。

这种时候，保命为上。

然而，一般不想惹事的人，通常都会成为谜之惹事体，比如现在——

苏悦从巨石上抬起头，恰好和一个黑衣蒙面人撞上了。

她这才惊觉，自己误打误撞，跑进了一个偏远的小院子里。

蒙面人手里还抱着一个浑身是血的宫人，正在给他解绳子。

苏悦联想起白天萧枕打伤宫人的传闻。

天！她不会跑刑房来了吧？还亲眼看见劫狱现场？

蒙面人看见她，居然没有逃走，反而放下宫人，慢悠悠地向她走了过来。

不好，要灭口！

大哥你不跑是吧？好的，那我先走为敬。

苏悦拔腿就跑，头都不回。

院门就在眼前！

背后一阵风掠过，一个身影背对着她，轻飘飘地落地，横在她面前的台阶上。

然后，蒙面人合上了门。

月黑风高，关门打狗，三十六计……计个屁啊！讨饶吧。

"劫财给你，劫色也行，只要不灭口，一切随你。"

混江湖守则第一条：万事之中，保命为上。君子报仇，十年不晚。

那个蒙面人似乎顿了顿，然后重复了一句："劫色也行？"

苏悦心说，您老还真会挑，跑到全天下最有钱的地方来，您带人跑路不求财，还想着走之前劫个色。您牛。

"公主殿下，还真是能屈能伸。"蒙面人慢慢转过身来，一双浅褐色的狮眼，在黑夜中带着摄人心魄的力量，仿佛瞳孔中灼烧着两簇明媚的火焰。

他薄唇轻启："又见面了，晋公主。"

那张脸虽然还是藏在密不透风的面具之下，但是苏悦还记得这双眼睛。

"原来是你啊。"她长舒了一口气，转身走了回去，在巨石上坐了下来，"早说啊，早说我就不跑了，命都被你吓掉了半条。"

她伸手脱下那厚底的带跟鞋，把脚晾出来放松。

"什么鬼地方，连双好走的鞋都没有……"

似乎是看她状态过于闲适自在，蒙面人嘴角微勾。

"你撞破了我救人，不怕我杀你灭口吗？"

苏悦在石头上悬空晃着腿，悠然道："之前费尽心机救了我，现在又要杀我，你傻我傻？你闲我闲？"

蒙面人轻笑了一声，没回答她。

"你到底是什么人呢？"苏悦看着他，对着他笑，"对这里的地形这么熟悉，你是宫里面的人？看你身手这么好，不像一般人，那么让我猜猜，你是什么人呢？大臣、侍卫，还是……皇族？"

蒙面人一阵风似的移动身形，瞬息已到她跟前，伸出一根手指，堵住了她的嘴，垂眸道："你的问题太多了。"

苏悦对着他眨了眨眼："那我不问了。"傻啊，她不会自己去查吗？

那人却好像一眼看破了她的内心。

"满口谎话的小骗子。"

蒙面人带起了他要救的人，似乎是准备走了。

苏悦从石头上蹦了下来，笑眯眯地看着他："需要帮忙吗？"

他勾了勾嘴角："这点障碍，还不需要。"

说完，他的身影便消失在了黑暗中。

等他走了，苏悦才一拍脑袋："哎哟我去，我怎么又忘了要滴滴打人的联系方式了？万一下回又倒霉了，得去哪儿找这个外挂（能力惊人、非常厉害的助力者）啊？"

蒙面人带着昏迷的宫人，在房檐上急速穿梭，停在一处宫宇之上。

极目远眺，昏黄迷离的宫灯，在夜幕下编织成颜色深浅不一的锦缎。他的脚下，是这片锦缎的染色最深处，也是整座皇城的中心。

主事宫女正捧着银盘，沿着玉阶徐徐而上。

他神情一冷，把手中的宫人小心地放在房檐上。

"坚持一下。"

然后，闪身跳了下去。

"姑姑好。"殿内的宫女矮了矮身，向捧着银盘的宫女行礼。

"陛下醒了吗？"主事宫女向众人问道，"洗漱的水已经备好。陛下白日里已经睡了一天，这会儿该去沐浴了。"

众宫女望着殿内被放下的重重帷幔，面露难色地对来人摇了摇头。

来人心下微紧，对着帐内试探着唤道："陛下？"

没有人回应。

掌事宫女心一横，快步走了过去，伸手就要掀帘帐。

"啊！"

她忽然惨呼一声，跪倒在地上。

一只骨节修长的手死死地扣住了她的手腕，用力一握，居然硬生生地将她的腕骨捏碎了。

与此同时，一个带着不悦的声音在帐内响起。

"谁给你的胆子，居然敢掀朕的帘子？"

"陛下饶命！"她猛地将头重重地砸在地上，再抬起来时，额头上已经带了血。

里面的人轻轻一挥袖，床帐便整个大开。

男人一身玉色睡袍敞至胸口，隐隐露出里面莹白起伏的肌肉线条，几缕发丝被未干的汗水粘在上面。

他半倚在榻上，手撑着头，一双浅褐色的眸子半睁着，慵懒地打量着众人，带着些刚起时的闲适。虽不是女子，却也是一派活色生香。

然而,众人都低着头,根本不敢看他。

整个殿内的人都知道,这个男人,根本没有看上去的那么无害。他就像传闻那般恐怖,是一个真正的妖怪。

梁帝萧枕,天生异瞳,不被先皇所喜爱,受封秦王之后,就被逐去了边境偏远的封地,无诏不得入京。

所有人都以为,这个存在感极低的皇子,与皇位是彻底无缘了。

但是,偏偏先帝死得又早又蹊跷,还没来得及留下个遗旨什么的,就飞快地去见了列祖列宗。

太尉陈子文一党迅速把持了朝政,带着麾下一干世家,把那无权无势的秦王给迎回来做了傀儡。

傀儡皇帝在太尉面前乖巧温顺,在宫人面前,就是个无恶不作的神经病。

死在他手下的宫人,没有一千,也有八百了。

不过,太尉倒是巴不得他这样。

只要他一如既往地对政治没有半毛钱兴趣,太尉就能一直由着他胡来。

果然,神经病又开始放飞自我了。

他垂下眼睑,用那双摄人的眸子,望着跪在他脚边瑟瑟发抖的宫人,嘴角勾了勾。

"拖去刑房。"

地上的宫人就这么无声无息地被拖走了。

殿内鸦雀无声，没人敢惹这位祖宗不高兴。

"滚出去。"他看了眼众人，轻描淡写地说，声音透着丝丝的冷。

众人如蒙大赦，赶紧行了礼，这才一个个勉强将蹦到嗓子眼的心给压了回去。

伺候这种妖怪真是夭寿啊！

然而，众人一散，他原本舒展的眉头却紧紧皱起，垂下头，目光落在了自己的鞋尖上。全黑的缎面上，不经意间，粘上了一根极细的草屑。

如果不是离得极近，根本就看不分明。

他想起刚才那个伏在自己脚边的宫女，冷笑了一声。

"这里还真是热闹啊。"

"殿下，人没了。"

宁王府中，下属来报，说是安插在清辉殿内的眼线，被萧枕逐去了刑房，现在生死不明，已经联系不上了。

宁王轻轻饮了一口杯中的茶水，叶片在泛着金红的茶汤中浮浮沉沉。

这是晋国湖广郡出产的武陵红，是摘自今年的头茶炒制而成。入口味淡，回味却甘，香味久久不散，第三道水冲泡之下，口感最佳。

萧枕的清辉殿里，可没有这么好的东西。

"本王问你,你觉得萧枕他到底是真傻,还是在装傻?"宁王若有所思。

"属下不知。"

"派人去盯着他。"宁王将杯子往桌案上重重地一搁。

"啪!"

清辉殿一向是太尉陈子文的地盘,他可是费了好大一番劲儿,才避开陈子文的耳目,塞了一个人进去。

他抬眸,看着面前的下属:"本王要知道,他今晚所有的行踪。"

"是。"

"对了,"他忽然想起一事,"晋公主呢?"

下属顿了顿,他想起了某日盯梢的时候,看到的诡异画面。

"在偏殿,已经有十来天没出过殿门了。"

苏悦蹲在椅子上,边嗑瓜子边翻话本子。

以前在天桥的时候,有个老中医跟她说,蹲椅子上能促进消化功能,有利于润肠通便。为了方便伸展开来,她还找了个借口,把所有宫女都支走了。

她已经发现了一个避开观众作妖的最好办法,那就是缩在屋子里,打死也不出门。

一出门,各种挖坑的选项就会铺天盖地地朝她涌过来,不如躲着。

反正熬过一个白天,也算是离成功又近了一步。

主办方在那边真是看得快被她急死了。

好好一个生存游戏，活生生给她整成了吃播。

本来吧，这女孩已经活了快三个月了，也算是超越之前最高的生存记录好几倍了。可是谁知道，这么一个顽强的选手，居然这么没有进取心？

也不求你老实走剧情了，你就不能走出去消化一下吃下去的东西吗？古代没有健胃消食片，你就不怕撑出毛病来？

忽然，殿门"吱呀"一声开了。

苏悦闻声，赶紧从椅子上蹦了下来，端正坐好。

她还没忘记，她现在扮演的可是晋公主。

一个打扮极其隆重的女人带着一大群小宫女，从门口鱼贯而入。那女人看着桌上吐得乱七八糟的瓜子壳，皱了皱眉。

苏悦内心骂了自己八百遍猪头，面上还是挂着不动声色的微笑。

女人向她矮了矮身："老身是内廷中掌礼仪的尚宫，奉命来教殿下我们大梁的礼仪。"

她把"大梁"两个字咬得特别重。

一般在二十一世纪初的古早电视剧里，携带这种属性的NPC（配角）都是满世界来找主角麻烦，外加送人头的。

苏悦笑眯眯地看着她："好啊。"

女尚宫自然也是听说过晋公主杀人不眨眼的传闻的。

在她心里，这位公主殿下就是一个莽撞之人，所以她不知礼也在意料之中。

不过……

她看着桌上那一片狼藉，还是在心中摇了摇头。

看来晋公主的粗鲁还是超出了她的预料。

"公主出身皇族，对这些皇室礼仪，自然是比老身更加熟悉。只是梁、晋相隔甚远，俗话说，'十里不同风'，更何况天各南北。所以，老身以为，公主还是有必要对大梁的习俗有所了解，将来入主内廷，也不会失了体面。"

"好说，好说。"

"那么现在，老身想先考核一下公主基本的行走坐卧之礼，可否？"

苏悦有些头大，不教就先考试？

此时，那等了许久要搞事的电子屏，终于抓住机会亮了。

屏幕对面的主办方，几乎是咬着牙敲出的问题：

你现在有几十秒的时间快速过一遍梁国的基本礼仪，你要看吗？

A. 看

B. 不看

又是这个套路。

苏悦扫了一眼问题，对着尚宫开口道："咱们直接来吧。"

喊，反正你们肯定会选 B。

"观众票选结果已出，你的选择是：A. 看。"

你妹！

还没等她反应过来，屏幕上面已经被密密麻麻的礼仪介绍给刷屏。苏悦心里大骂一声!

然后她匆匆忙忙,毫无心理准备地扫了一遍,根本没记住多少。

于是,凉了。

·第二章·

真假公主

自作聪明,有时比真正的愚蠢,要可笑得多。

声名在外的晋公主毫无教养的流言在一日之内火遍全宫,苏悦抱着瓜子,陷入了深度自闭。

普通宫人嘲讽晋国号称中原正统,礼仪之邦,养出来的公主,却连他们梁宫里的一个小丫鬟都不如。

那天在场的小宫女们,拉着自己的吃瓜姐妹,聚在角落里,学苏悦走路。

"你们看啊,人家走路呢,是裙下恍若无足,行动之间,绮珠不动。"

"那晋公主呢?"

"她啊,她是裙下骑了只猪。"

"咔嚓——"

在一旁偷听的苏悦狠狠地捏爆了一颗瓜子,自闭了。

"陛下,近日宫中盛传,说晋公主举止不端,实在不似一国公主做派。"大殿之上,太尉陈子文首先发难。

这话看似在说公主,矛头实指宁王。毕竟,谁都知道,晋公主可是宁王接回来的。

老大一发话,太尉那边的人立刻打蛇随棍上。

"太尉此话,难道是在质疑宁王殿下,狸猫换太子?"

有人替自己出这个头,太尉这会儿倒是先端着了。

"老臣不敢。"

萧枕见惯了两派相争,此时也不得不顺着太尉,跟着做会儿表面功夫,问道:"皇兄怎么看?"

在场所有人的目光都聚集到了宁王身上。

造谣一张嘴,辟谣跑断腿。

太尉就这么咬一口,在场的谁也没见过公主长什么样,这回看宁王怎么洗?

宁王倒是气定神闲,他对着众人淡淡一笑:"在场无一人见过真正的晋公主,本王自辩,也是白费口舌。不如派人去晋国求使,让使者来验明公主身份真假,也好过在此空耗时间。众位看,如何?"

他不说真,也不说假,把这个问题绕了一圈,又给太尉丢了回去。

太尉半点便宜没讨着,也是气得牙痒:"也罢!求使!"

苏悦蹲在椅子上,一边喝茶,一边对着空气吐槽屏幕对面的观众。

"让你们整我吧！整我吧！这下好了，我被软禁了，你们连吃播都没得看了。"

主办方看她那吊儿郎当的样子，差点没被她给整自闭。

前九个玩家，哪个不是把观众当祖宗供着，小心翼翼讨好观众，生怕被选"咔嚓"了。哪有这样的？不知道的，还以为她是观众的祖宗呢。

苏悦确实心情很糟糕。

那些人说，晋国使者到来之前，请公主在大殿中休养。

然后——

收走了她的瓜子点心，抱走了她的小火炉，连口热茶都不给。

"公主殿下，"大殿的门开了，进来一个粉衣的年轻小宫娥，长得挺可爱，就是举止不怎么可爱，"请用膳。"随手把东西往她面前一推。

苏悦掀了掀眼皮，看着她："你们大梁人，就是这么用'请'字的啊？"

小宫女冷漠地点了点头。

苏悦无奈，摆摆手。

"行了，你出去吧。"

她打开盒盖一看，顿了顿，虽然态度不太好，但是食物丰盛。

但就是因为太丰盛了，她反倒搁下了筷子。

"呵呵，茶点都没了，你给我炖雪蛤羹吃？这是明摆着告诉我里面有毒吧？"

电子屏亮了——

面前的饭菜中可能含有剧毒,你吃吗?

A. 吃

B. 不吃

苏悦:……

我吃你个大头!

"观众选 A。"

主办方用简短的电子公告,表达了他们对观众选择的幸灾乐祸。

苏悦颤抖着,把筷子伸向菜,夹起一小片,摇摇晃晃正待放入口中时……

"啪!"

一颗石子击中了她的手腕。

她手一松,连筷子带菜滑落在地。

苏悦顿了顿,重新捡起筷子,在衣服上擦了擦,又夹起一筷子。

"啪!"

这回打下来的不是石子,而是一张写了字的纸团。

化纸成刀啊,滴滴打人的身手还真好……

苏悦把纸团摊开,上面只写了四个字:菜里有毒。

她当然知道有毒了,但那帮观众现在就是要她死啊!

苏悦叹了口气,连筷子都懒得捡了,用手捻起一根菜,放入口中。

嗯……毒药味道真好。

一个时辰过去了。

"这毒药质量也太差了吧，都两个小时了咋还不发作？菜都冷了。"

苏悦等了半天毒药发作腹痛难忍。

然而，这么久过去了，什么事都没发生。

"难道吃得太少了？"

说着，她把筷子擦了擦，又吃了几口雪蛤，边吃还边点头："果然是钱的味道，就算是凉了，也还是这么好。"

屋檐上，蒙着面的萧枕一时无言。

这个晋公主为了消除怀疑，胆子也太大了一点吧？

饭菜是太尉的人送的，十有八九是赶在使臣到来之前杀人灭口，为的就是坐实宁王的罪状。

人是他带来的，软禁的主意是他提的。

公主若是真的，死在偏殿里，那就是宁王看护不利；公主若是假的，那宁王就是欺君罔上。

总之，这口天锅怎么都扣到了宁王头上。

不过，宁王又怎么会坐以待毙呢？对这位皇兄，萧枕是再了解不过了。

"小骗子，算你运气好。"萧枕轻笑一声，离开了屋檐，"下次长点心吧。"

"如何？得手了吗？"太尉见下属回来，急切问道。

他已经迫不及待地要看宁王倒霉了。

下属点了点头:"公主把饭菜全都吃了。"

"全吃了?"太尉一愣。

他本以为,以晋公主的心智,多少会怀疑一下,试探性地碰几口。既不置自己于险境,也不至于让旁人产生怀疑。怎么会全吃了?

"那晋公主死了吗?"吃下去那么多断肠草,神仙都没命了,宫里怎么还没消息传出来?

"没有,"下属摇了摇头,"半个时辰前,属下回来的时候,她还在院子里逛呢,说是消食。"

太尉:"……"

与此同时,宁王府。

"东西掉包了吗?"

"回殿下,公主安全。"

"那就好。"宁王点了点头。

晋公主啊晋公主,本王可是救了你一命,将来你可是要用东西来还的。

下属不解道:"殿下为何如此肯定,宫中这位就一定是晋公主呢?"

当初他们到的时候,整个和亲车队死得只剩下公主一个人了,谁也不知道这个女人身份真假。

宁王淡淡一笑:"你以为,本王会做没把握的事?"

"属下愚钝。"

"她是不是真的公主，本王不知道，"他缓缓道，"但是本王可以确保，这个女人，的的确确就是从晋国送出来的那位。"

　　不过，她居然敢在不知情的情况下，吃光全部饭食。此等心性，绝非常人。

　　宫中传闻，晋公主为消猜疑，以身试毒，面无惧色，其心智之狠厉坚韧，非常人之所能及。

　　太尉一党对此流言亦深以为然，认定公主是个狠角色，放下杀心，决定安心拉拢，将她已经有倒向宁王一边的天平，再给正回来。

　　苏悦经过这件事后，也得出了结论。

　　其实她选什么、做什么，都无所谓，只要她顶着晋公主这个身份，无论她做什么，在那些心机党眼里都会是别有深意。

　　由宁王牵头，太尉暗箱操作，她的点心火炉，又被一样一样地给送了回来，还有花样不断翻新的趋势。

　　冷脸送饭的小宫娥脾气也变好了不少，脸不僵了，眼色好了，苏悦随口说句"今天吃点什么呢"，她都能立刻抓住点了。

　　"哎哟！殿下，您怎么自己倒起茶水来了，放着奴婢来！"

　　苏悦喝着茶，吃着点心，每天让小宫娥给自己说评书。

　　内容范围很广，下至四方地质，上至宫闱八卦。

　　小宫娥关上殿门，眼珠子一转，确定四下没人听墙根，这才压低声音开讲："殿下您有所不知，在咱们这梁宫之中啊，虽从明面上讲，咱们的主子是陛下，但是实际上啊，都是宁王和太尉两个人说了算的。"

苏悦捧着个汤婆子，睨着她笑："哟呵，你这么直白，不怕传出去被砍脑袋吗？"

"这不是有您嘛！这宫里谁不知道，咱们殿里月例这么好，还不都是宁王殿下保着您吗？您瞅瞅您喝的这武陵红！这雀舌！这可都是头一批的贡物！就是陛下的清辉殿里，也没这么好的东西啊……"

苏悦故作恍然，拉长了声调："哦——原来我过得这么好，都是宁王对我好啊。"

"可不嘛！"小宫娥兴奋地蹲下身子，凑到她耳边，"依奴婢看，公主您也别嫁给陛下了，嫁给宁王殿下吧！假皇后哪比得上真王妃啊？"

苏悦心说，原来这梁帝在这宫里混得这么惨啊，就连一个普通的小宫女都不把他当回事。

啧啧……

小宫女见她丝毫不为所动，心一横，又讲了许多宁王殿下的光辉事迹。

"殿下可记得余晖城？"

苏悦心说，我应该知道吗？

但她面上却不动声色："你说。"

小宫娥见她这样，叹了口气："唉……就知道您还记恨着宁王殿下……"

苏悦一听这开头,兴趣一下就起来了。

哎哟,我的妈!这开头!这语气!难不成这两人还有什么前情过往?怎么她来的路上一点没看出来?

啧啧,毒蛇兄啊,藏得还挺深哪……

她不轻不重地咳了一声,说:"有什么恨不恨的,这不都过来了吗……"

讲!赶紧给我往下讲!

小宫娥重重地点了点头:"殿下这么想就对了。"

原来啊,这毒蛇兄真的是个狠人。

自从太尉扶着不受宠的小可怜梁帝登基之后,作为前皇位候选人的毒蛇兄就被直接发配到了前线。

太尉本着,当前锋死在战场上为国捐躯成烈士了,总不能说是"我故意害你的吧"的心态,借着小可怜的手拟了一道圣旨,就把宁王扔在边境上,自生自灭了将近十年。

可是谁知道,就这种玩法,居然都没把毒蛇兄给葬送掉。

苏悦听着,咬了口手里的白糖糕,滋了一脸的糖油。

小宫娥慌乱地想拿起帕子给她擦一擦,被她胡乱挥开:"接着说,然后呢?"

毒蛇兄在边境上卧薪尝胆近十年，凭借着一次次浴血奋战换回来的军功，居然不受控制地越爬越高，终于坐到了让太尉不得不提防在意的位置。

太尉终于觉得，嗯，是时候该斩草除根了。

于是，他又让人送去了一道军令。

"陛下有旨，一月之内，夺取晋国边境的余晖城，控制往南商路，任中郎将萧玦为主帅，钦此。"

余晖城是晋国边境最重要的通商大镇，每年经此辗转的南北两国商人高达数万人。晋人在这里，将本国所产的茶叶、丝绸，交换大梁北地特有的毛皮以及人参等珍贵药材。

晋国每年靠余晖城获得的数十万钱的贸易顺差，让大梁眼红不已。

谁能拿下余晖城，谁就能为大梁每年增加数十万万钱的收入，即便是无名小辈，也能借此平步青云，成为大将军。

饼画得挺大是吧？

但是——

所有人都知道，这就是一个天坑。

梁国想夺取余晖城想疯了，但晋国是傻子吗？怀明公主苏玥在余晖城附近命人绕城凿沟，筑起百里护城河，又从晋都城起，引出一条千里直达的运粮水道，就是在余晖城布下重兵的意思啊！

"您真是英明啊！据山险，抱水路，整个余晖城被守得固若金汤！"

小宫娥在说这段的时候，不停地瞄着苏悦的表情，却发现她没什么波动，好像彩虹屁吹捧的对象不是她似的。

苏悦评书听多了，他们那儿一般把这种写法叫"欲抑先扬"。

话说，要真守得那么好，她现在能在这儿蹲着吗？

那么，毒蛇兄是怎么做的呢？

他微微一笑，当场单膝跪地："陛下放心，萧玦必不辱使命。"

三十天的时间，他是这么干的。

第一日，派人给备受晋公主打压的罗氏余党送去重金，以军中缺粮为由，请他们收买余晖城守将，要他们明日休沐，不去接次日所到的粮草。

第二日，假意接粮，悄无声息地斩杀运粮官兵，扣下粮草。

第三日，扮作晋军运粮官，在粮草内藏火油，待余晖城守军误将假运粮官带到入城主粮道时，引爆火油，炸毁粮道。

余晖城粮道，断！

第十日，罗氏倒戈，守军断粮投降。

此时，余晖城只剩下主城门未破，水陆交通皆断，沦为一座孤岛。

萧玦命人围城，胶着了整整二十余日，逼到城内水粮全断，百姓易子而食，终于开门投降。

据说，城门大开之时，有一妇人抱子而出，正遇萧玦带兵入城，唾其面，啐道："天地不容的畜生！"

"啧啧,够狠。"苏悦附和着点点头。

评书听到这里,她已经琢磨透了一大半。

真的是萧玦干吗?不一定。

余晖城主帅那么轻易就吓得投降了,还把这么一座重镇轻易地让出来?怎么可能!要知道,晋公主可是实实在在地布下了重兵的啊!

虽说晋人不如梁人会打仗,但也没那么不堪一击吧?

苏悦摇了摇头。

这倒霉的晋公主肯定是下手太狠了,把那些老泥鳅都给得罪光了。他们这下正好借机会,找个由头把晋公主赶出去。

难怪是说"被迫和亲"啊……

余晖城在你的重兵布阵下,还是丢了,小姑娘你还是别搞政治了,洗白白出去嫁人求和吧。

被搞了这么一出,你说怀明公主恨不恨萧玦呢?

苏悦用语言表达了一下自己的看法。

"弄死他!"

她暗自扼腕,当初在车上,还是对毒蛇太讲礼貌了,这演得人设不符啊!

苏悦在偏殿里闷了一个月,累积生存积分高达一百二十七分。

不少观众都打电话来骂主办方了,你这是生存直播吗?哪儿看出生存艰难了?这是来度假的吧?

主办方也是头大，再照这样下去，这个女孩儿可能就要有惊无险地把这一年的时间混过去了。

前几个选手也没这么容易过关的啊？

好在，他们的担心并没有持续多久。

在苏悦嗑瓜子的第三十一天时，一群侍卫推开了偏殿的门。

苏悦拍了拍手上的瓜子壳，站起身，对着他们笑："来了啊？"

侍卫们列成笔直的两队，分站在殿门两侧，好像是怕她逃走似的。打头的那个粗声粗气地说："请公主现在去大殿，晋国来使。"

苏悦笑了笑："来了啊，那走吧。"

第二次来大殿，她又一次被晃到了眼睛。

苏悦看着正中间那个明显新换的宝石屏风，要不是场合不对，差点没气笑来。

怎么着？又病了？

"陛下昨夜彻夜未眠，今日神色不佳，不便见外宾，故以此屏风遮挡，望使者不要介怀。"司礼太监高声向下传达着萧枕的意思。

哦，这次是失眠。

一次是她，一次是这个使者，两次见晋人，相隔数月，皆是屏风挡面。这要都不是太尉指使小可怜借故羞辱晋国，那就真是有鬼了。

"按我大晋国风，使者于外见君王，只需行宾礼，无须行臣子礼，也请大梁之主不要介怀。"

使者亦不卑不亢，朗声回道，声音中似乎还带了一丝少年的稚气。

说着,他只是双手抱拳,微微向前垂了一下头。

这个礼行得确实挺敷衍。

苏悦抬眸向使者看去。

晋国这位使者似乎有些年轻过头了。她目测了一下,面前这个少年模样的使者,年龄应该不超过十七岁。

"劳烦使者远道而来,"宁王用手向着苏悦的方向一请,"本王见公主之时,恰逢山匪袭车,故而护送公主的车队全军覆没。本王救回公主殿下,却遭到了同僚质疑。现在,还请使者辨认,此女可是晋国怀明公主?"

不知道是不是她的错觉,在看清她之后,使者的眼底明显掠过了一丝喜色。

刚才还端着的使者,这会儿却朝着她结结实实地行了一个九十度弯腰的大礼。

"皇……公主无事便好。"

苏悦皱了皱眉,这人刚刚是不是一个字吐一半又收回去了?

宁王见此情景,转头向太尉一笑:"这下陈太尉没有疑惑了吧?"

太尉冷着脸,把头一垂:"是老臣多虑了!"

"玉玲珑一对,如意一柄,云锦三匹……"

礼部的人在偏殿内端着一张礼物单子,一条一条地往下念。

满屋子的宝物反射出炫目的光彩,苏悦发誓,自己这辈子都没见过这么多钱。

"这些都是宁王殿下送给公主您的礼物。"礼部的人合了单子，对着苏悦行了一礼。

她扯了扯嘴角："你们主子还挺大方。"

礼部的人微微颔首。明明是皇帝任命的官员，现在被称为一个王爷的家臣，似乎不以为耻，还反倒以此为荣。

电子屏问她：

宁王送你满屋子金银珠宝，你要还是不要？

A. 要

B. 不要

平心而论，她的经验告诉她，天上从来不会白掉馅饼。

"观众的选择是：A. 要。"

你们坑起人来还真是群小机灵鬼啊。

"照单全收了？"宁王把茶盏一搁，有些意外。

"是，"下属道，"公主还对礼部的人说，欢迎下次再来。"

宁王沉吟了一会儿，嘴角带笑："有意思。"

"您的意思是说，公主假装贪财，麻痹我们？"下属推测道。

"愚蠢，"宁王淡淡道，"怀明可是能和本王在余晖城正面对阵的女人，她有必要做这种既无用又多余的伪装吗？"

"那……您的意思是？"

他把玩着手中的茶盏，端详着上面的花纹，轻笑了一声："和本王预想的一样,宫里的这个晋公主,是假的。"

下属恍然大悟:"所以……王爷才让属下去查使臣的身份?"

"查到了什么?"

下属道:"果然不出王爷所料,那个使臣,是假的。"

不仅是假的,而且真实身份,令人震惊。

苏悦今晚换了一双好走的鞋子溜出来。

今天她一定得要到滴滴打人的联系方式!到手的免费外挂,可不能轻易让它飞了!

听说白天的时候,萧枕又把宫人给罚了。

抱着一丝今晚蒙面人还会出现的期待,她又去了刑房所在的小院。

刚一屁股坐在大石头上,背后就掠过了一阵熟悉的风,有人在她的身后,稳稳落地。

她回过头,对着蒙面人笑:"今天来得挺早?"

"不早,我等你许久了。"

"等我?"苏悦一愣。

蒙面人在巨石边半蹲下来,眼底带着笑,那股摄人的压迫少了不少。

"小骗子,你老实告诉我,你到底是不是真的晋公主?"

哟?终于反应过来了?

苏悦也低头,看着他笑:"那你想救的是我,还是晋公主呢?"

两人离得极近,近到他能看清那明亮如泉的眸子底下藏着的狡黠。她那副样子,活像一只奸计得逞的小狐狸。

蒙面人淡淡一笑,拂袖起身。

"当然是晋公主。"

苏悦耸了耸肩:"那抱歉了,我不是。"

"真公主在哪儿?"

"我不知道。"

蒙面人勾了勾嘴角,背过身去。

"小骗子,"他淡淡道,"我以后不会再管你了。"

唉……外挂就这么没了。苏悦心里还挺遗憾。

"哦。"

似乎是听出了她声音里的失落,蒙面人又笑了一声,补充道:"以后,你自己要小心一些。太尉和宁王,他们送的吃的用的,能不碰的,就尽量别碰了。"

苏悦点点头,深以为然,随即又遗憾道:"不过,宁王他们家的点心,味道还真是不错。"

蒙面人哂了她一声:"馋猫。"

说完,他起身跃上树梢,似乎是打算走了。

苏悦卡住最后的机会,问出了她一直以来不解的一个问题:"你为什么要救晋公主啊?"

"她于我有恩,我便还她一报。如此,方可安心。"

蒙面人说完,便消失在了夜幕中。

苏悦见人走了,从石头上蹦了下来,感慨道:"玛丽苏就是玛丽苏,随手救个人都能捞个外挂回来……"

她怎么就没这个运气呢?

苏悦带着对玛丽苏晋公主的羡慕嫉妒恨,折回了偏殿,趁着小宫娥在主厅换灯,偷偷顺着院子溜回了自己的屋子。

屋内一片漆黑。

走的时候她为了防止小宫娥闯进来,特意吹熄了灯,假装自己已经睡着了。

忽然,她听到床边有一丝极其细碎的响动。

不好!屋里藏了人!

衣服她出去的时候换掉了,现在喊人会说不清。

她打定主意,伸手从发髻上抽了支簪子下来。

还好这晋公主头上造型复杂,不然她连件防身的武器都没有。

黑暗中响起一阵极为轻缓的脚步声,似乎是有人在向她这个方向慢慢靠近。

妈耶!不会又是来杀她灭口的吧?

她紧张地听着那渐近的脚步声,待声音一停的时候,用力一刺。

"皇……唔!"

黑暗中响起一声压抑着的闷哼声。

下一秒,她就愣住了。

她把杀手扎了一个透心穿,凶手……把她抱了个满怀?

"咻——"

打火石一擦，点燃了屋内的蜡烛，苏悦看着坐靠在床边，面色有些发白的少年，脸上露出了尴尬的神色。

"我扎下去的时候，你倒是躲躲啊……"

少年用手捂着胸口止血，面上却对她露出一个淡淡的微笑："无论皇姐对我做什么，我都不会躲的。"

苏悦抽着嘴角，面上现出一个尴尬而又不失礼貌的微笑："那……你开心就好？"

谁能想到，白天在大殿之上不卑不亢的少年使臣，居然就是晋国的小皇帝苏恒，晋公主护在羽翼下的弟弟？

"梁国的人跑去都城求证你的身份，我担心皇姐你出事，就瞒着他们乔装过来了。"

苏悦沉默了一下，问道："你怎么进来的？"

"我从驿站出来，看着宫门没落锁，就偷跑进来了。"

看着少年晶亮的眸子，苏悦扶额："这梁宫是菜市场吗？怎么谁都能想进就进？"

苏恒听完，沉默了一会儿，低下头："皇姐教训得是。"

苏悦：？

"我……教训你了吗？"

苏恒垂头道："宫门进出如此容易，想必是有心人故意放行。"

话音刚落，院内忽然火光大盛。

苏悦惊呆:"这又是什么情况?"

整齐的跑步声由远及近,直至她门外停住。

小宫娥敲了敲门,问道:"公主殿下,奴婢看您屋里又亮了灯,您睡了吗?"

门外,传来一个侍卫的声音:"宫门进了刺客,有人看到往这个方向跑了,还请公主行个方便。"

苏恒心下一沉,轻声道:"糟了,果然中计了。"

苏悦用眼神示意苏恒赶紧找个地方躲起来。

她清了清嗓子,打开门。

屋外全是举着火把的士兵,足足有上百号人。苏恒就是插上两双翅膀也难飞出去。

不好,要玩完。

她定了定心神,勉强摆出架子恐吓道:"怎么,你们是要查本公主的住处吗?"

侍卫完全不吃她这一套,依旧坚持:"请晋公主行个方便。"

苏悦气得翻白眼,就算是别国公主,你们就不能稍微尊重一下吗?

眼看那些人就要硬闯进来,她就要抵挡不住了。

千钧一发之际,一道疾风划过,将她的额发猛地撩起!

一个黑影掠上了院子的屋脊,只听"啪啪啪"几下,紧促密集的脚步声便在他们的头顶响起。

"在那边!"

黑影成功地吸引住了侍卫们的注意力。

一只脚已经跨进她屋里的侍卫头领，又猛地退了回来。

"给我追！"

她长舒一口气，瘫软下来，旁边的小宫娥赶紧扶住她。

"您没事吧？"

"没事没事，就是脚崴了一下，快扶我进去。"

小宫娥赶紧扶着她走进屋子。

虽然没看清那个黑影的脸，但是她敢肯定，一定是那个蒙面人。

"皇姐，刚才救我们的那个人是谁啊？"

等到她支走了小宫娥，苏恒才从藏身的地方走了出来。

苏悦想了想，还是不要告诉蒙面人的身份比较好。

"我也不知道。"

苏恒听完，蹙了眉，定定地看着她。

她一脸蒙："怎么了？"

苏恒苦笑道："现如今，皇姐连我都不信任了。"

苏悦暗叹，现在的孩子都这么敏感的吗？

"没有啊。"她还在摇头装傻。

苏恒看着她，一双眼睛看上去明亮而又真诚。

"阿姊你要记住，"他伸出手平放在苏悦掌心，就像小时候她为他遮风挡雨时那样，"无论你在任何时候，无论你身处何种境地，我都是那个可以交付后背之人。"

苏悦讪笑了一下，然后把自己的手抽了回来。

少年的表情看上去有些受伤。

她尴尬地猛拍着苏恒的背,自己都觉得自己现在看上去无比不自然:"哈哈哈……姐姐知道啦!你放心吧!"

她现在是被玛丽苏光环给洗脑了吗?

这对是亲姐弟吧?为什么这个相处模式这么奇怪?

苏恒垂下眼睫,淡淡道:"你根本就什么都不知道。"

苏悦直觉这天不能往下聊了,再聊下去,《未成年人保护法》和《婚姻法》她就肯定得犯一个了。

她试探着建议道:"那个……弟弟啊,这个……天色已经不早了,你要不赶紧找门出去吧?天亮了。你可就真出不去了。"

苏恒看着她,又轻轻叹了口气。

"也好。"

他离开了。

苏悦彻底瘫倒在床上。

"贵圈真乱。"

"人跑了?"

下属看着宁王一副不动声色的样子,低下头:"属下无能,没想到这晋帝苏恒身手这么好,我们上百人都没能截住他。"

宁王却毫不在意:"无妨,那人不是苏恒。"

"您是说……这宫中还有人帮助苏恒?莫非,是晋国的奸细?"

宁王摇了摇头。

"本王也不知道,不过……"他的指节在桌子上轻轻一叩,低声道,"这棋局还真是越来越有趣了。"

次日,苏悦看到了许久不见的尚宫大人。

她穿得比第一次见的时候更加隆重浮夸了,看着她顶着的那一头比她脑袋还大一倍的假发髻,行走之间环佩叮当作响,苏悦觉得,自己这个公主,真是当得太没排面了。

"之前由于对公主身份存疑,所以咱们的宫规礼仪课程就这么暂时搁置了。如今公主验明真身,老身也该重新对您负起责任来。"尚宫看着她,一板一眼道。

她的脸上露出虚与委蛇的笑容:"好的,没问题。"

然后,她就看着这位女尚宫从宽大的袖管里拉出一本书。

苏悦震惊了。

女尚宫倒是觉得,自己这回真的没有难为晋公主。

晋公主虽然行为粗鲁了点,但好歹也是皇室中人。该教导的四书五经可是一样都没落下,尤其在兵法上造诣颇深,为人称道。

几年前,梁国这边为了求一本晋公主亲自注解过的《鬼谷子》拓本,都城内不少书斋门口都排起了抄书的长队,连她这个居在深宫之人都听说了这个盛景。

"公主殿下,今天我们读的是《女则》。"尚宫把书交给她。

苏悦看着上面一水的鬼画符,简直哭笑不得。

她对繁体字的认知仅限于唱K的时候滚动的粤语歌字幕,而面前这本玩意儿，连繁体都不是好吗？这是 N 代进化前的字吧？比起字，更像乡下过年画的驱邪符？

电子屏似乎看透了她的心思，这会儿倒是果断亮起来跟她作对了。

读不读《女则》？

A. 读

B. 不读

苏悦扶额叹息。行，不就是丢个人吗？

"戒……什么者？必先……什么节俭……也？夫……什么素……"

"观众选，B. 不读。"

"检测到您未按规定执行，扣除五十积分，目前剩余七十七分。"

"……"她恨。

尚宫见她是真的在念白字，心下起了疑惑。

"殿下可是有什么难题？"她试探着问道。

虽然被坑是常态，但是鬼扯环节，一向是她的主场趴，眼珠一转，瞎话张口就来。

她笑着把那本《女则》往桌上一拍，不住地摇头："还真是没想到……"

尚宫问道："您没想到什么？"

"我们晋国女人，往上面有做官的，往下面有做生意的，个个都能独当一面，凭自己的本事养活自己，没想到你们梁国号称开放，却还在读这种过时的东西？"

苏悦边说，边用眼神偷偷瞄着尚宫。怎么样，被震到了吧？

然而尚宫一脸冷漠地回答了她："是啊，我们持重守旧，所以还请您尊重梁国规矩。"

苏悦：？

你妹啊！电视剧里不是这么演的！

"她真这么说的？"

"是，殿下。"尚宫对着面前的宁王殿下恭恭敬敬地行了一个礼。

"一个什么都不懂的替身，假扮使臣偷潜入宫的皇帝……"宁王揉着自己的眉心，"本王是真的越来越看不懂，怀明她到底想做什么了。"

尚宫提议道："是否需要老身找机会试探一下这个假公主，看看能不能问出真正的怀明公主，到底在何处？"

"不必。"

尚宫低头："是。"

"让人盯着驿馆，皇帝都能扮演使臣，公主为什么不能藏身其中？"

"是。"

"至于那个假货，"宁王淡淡一笑，"本王要亲自试探。"

三日后，苏悦在偏殿收到了来自宁王府的请帖。

小宫娥超级兴奋，苏悦满脸无奈。

完了，又摊上事了。

·第三章·

公主姻缘

姻缘是人编的，天定是骗鬼的。

隔日，宁王府中。

虽然早知道古代男人三妻四妾贼可怕，但是看到满院子的环肥燕瘦，她还是着实震惊了一把。

苏悦不由得感慨，宁王殿下种马精神，在下佩服。

直播间的收视率诡异地往上飘升了一个很小的幅度。

主办方都蒙了，眼睛死盯着屏幕盯了半晌，然后问旁边的信息技术人员："什么情况，这大姐不就是坐那儿吃瓜子啥也没干吗？"

技术人员推了推眼镜，抬起头："哦，男观众在看姑娘，还建议我们让玩家转个身，方便视角放大。"

不到一分钟，苏悦就在电子屏上接到了这个奇怪的要求。

她挑眉看着电子屏上的字："一百积分，让我去帮那群宅男偷瞄人家姑娘的胸？"

主办方以为她不愿意，当机立断给她在积分栏里加了点。

"您当前剩余的积分，一百七十七分。"

她立刻变脸，嘿嘿一笑："好嘞，职业偷拍，包您满意！"

一盏茶的时间后。

"姐姐！姐姐！"来参加宴会的尚书令家的小姑娘忽然喊了几声自己旁边的女孩儿。

女孩儿回头，握住了她的手，神情端庄大方："妹妹这是怎么了？"

小姑娘怯怯地看了一眼身旁的女孩儿，似乎有些难以启齿。

女孩儿不解："到底是怎么了？"

小姑娘期期艾艾地说："姐……姐姐……为什么我总觉得，晋公主在看我？"

女孩儿回头朝苏悦那个方向望去，却发现她低着头不知道在做什么。不过，总之没往这边看。

于是她回过头，安慰小姑娘："你是多心了，公主殿下与你我并不相识，又怎么会暗中注目呢？"

小姑娘嘟着嘴，似乎并不满意这个解释。

"可是……我真的看到了啊，她不光对着我笑，还……还对我眨了眨眼睛呢！"

此时，苏悦正在深度自闭中。

她在心里把那帮禽兽男观众骂了快八百遍。

这个分辨率还不够，你们还要我给你们眨眼睛拿眼球提高分辨率？

世界上最尴尬的事情莫过于偷瞄被抓包，苏悦被逼着眨眼睛增加清晰度，以便观众能看得更清楚的时候，和人家小姑娘的眼神撞了个正着。

那小姑娘一双眼睛清澈明亮，照得苏悦心底的罪恶感无所遁形，她心虚地笑了笑，然后赶紧低下头，低声骂道："看你们的D盘去！我不干了！"

等她再抬头的时候，视线已经被一片张扬的刺金绣片给挡住了。

视线往上移了移，她看到了最近小宫娥口中存在感极高的某位毒蛇兄。

此刻，毒蛇兄正站在离她一步不到的地方，对着她，笑得高深莫测。

"宁王殿下好。"她微笑。

"本王府中的招待，公主可还满意？"

她连连点头："满意满意。"还白赚了一百积分呢。

"那就好。"宁王微微颔首，就着她身旁的椅子，就这么坐了下来。

苏悦心中警铃大作，不好！这男的要搞事！

毒蛇兄本来就不满意她选择嫁给小可怜，这是要明着给小可怜头上整一片呼伦贝尔大草原啊！

宁王看出了她眼中的警惕，心下一哂，她果然是个细作。

方才探子回报，说是驿馆之中，并未发现公主踪迹。宁王这才打定主意，要挖出真正的怀明，还是得在这个替身身上下手。

他温声道："前些日子本王派人给公主送去些不值钱的礼物，听闻公主喜欢，实在是喜不自胜。若来日还有机会，萧玦必定再寻珍宝，以讨公主欢心。"

苏悦一听又是老套路，赶紧抢在电子屏搞她之前一口回绝："不了，塞不下！"

宁王一愣，张了张嘴似乎还想说什么。

"房屋扩建也不用！"

"本王……"

就在这时候，一个尖锐的嗓音突兀地插了进来。

"陛下有旨——宣晋国怀明公主，清辉殿觐见——"

苏悦被安排坐在下首的椅子上，四平八稳地喝着茶等萧枕。

萧枕居然让人把她带进了清辉殿的内室里，就坐在离卧榻不远的地方。隔着几重纱帘，就能隐隐看到龙床边摇曳着的宫灯灯火。

她不由得想，难道是小可怜终于被绿光刺得睁开了迷茫的眼睛，这会儿要奋起一下跟宁王宣示主权了？

回想起方才跟着老太监离开宁王府的时候，毒蛇兄看她的那个眼神，简直想想都可怕。

老太监宣读完圣旨，宁王才堪堪将手中的杯子往桌上不轻不重地一放。

院子里的人听到圣旨来了,即便是做表面功夫,也老老实实地跪了一地。苏悦本来是想着从一下大流的,结果膝盖才弯了一寸,就被一双铁一样的手给死死搀住!

宁王看着她,对着她别有深意地一笑:"殿下不必跪。"

然后,他就这么扯着她的胳膊,对着老太监半开玩笑半认真地说:"陛下这是怕本王与未来的皇后走得太近吗?"

苏悦抬起头,愣愣地看着被他抓着的自己的手。

他也正回过头来,眼中似乎含着些许柔情:"你……"

话音未落,苏悦便"扑通"一声跪在地上,神情极为诚恳地看着老太监:"我跟这位真的不熟!"

老太监:"……"

她忍笑忍得真的超级辛苦,宁王刚刚那一瞬间的眼神,就好像吞下了一百只苍蝇,还嚼了嚼。

然而毒蛇兄不愧是心机圈里混出来的,这么被当众打脸了,还能面不改色。

"公主虽然选择了陛下,但是尚未成亲之前,仍可以重新选择,一切都尊重公主的意愿。"

他的语气相当温和,但是如果他的眼神可以演得更真诚一点,而不是威胁感那么重的话,苏悦觉得自己还可能信一信。

毒蛇兄这么锲而不舍地想要把小可怜给绿了,一定是这个晋公主身上有什么他想要的东西。但是这个东西是什么,她现在还不是很清楚。

"殿下。"老太监的声音打断了她的脑洞。

她抬起头："陛下醒了？"

"陛下仍在小睡，还请公主稍等片刻。"

这场小睡一直持续了两个多时辰。

她觉得，小可怜有一天死了，一定是睡死的。

直到外面天都黑了，苏悦才彻底确定，她被小可怜耍了。

"这位公公，"她仰起头，看着在她旁边一动不动站了快五个小时的老太监，"请问，明天早上太阳出来之前，陛下会来见我吗？"

老太监看了她一眼，又把头扭了回去。

"公主去赴宁王之约时，就该料到这样的后果。"

苏悦一听简直奇了，小声嘀咕道："没想到这小可怜身边还是有个把不畏强权真的关心他的人嘛……"

床帐之后，萧枕刚刚从外面闪身进来，就听到这么一句话。

习武之人的耳力一向好，苏悦的那声"小可怜"，他一个字也没听漏。

原本迅速换衣服的手渐渐慢了下来。

他勾了勾嘴角，一笑。

还是让那个小骗子在外面再多坐一会儿吧。

然而，他高估了苏悦的定力。

等到半个时辰过后，他才"悠悠醒转"，施施然起身，让人去通知外面等着的人可以离开时,却被告知——

"回陛下,公主睡着了。"

萧枕闻言,一把拂开帘帐。

苏悦好不容易熬到晚上直播结束,又认准了萧枕要整她,为了免得折腾,干脆直接趴桌子上装死。

——结果就睡过去了。

老太监就这么看着那个向来不把人当人看的陛下慢慢地走了过去,在睡着的少女面前蹲了下来。

他心说完了完了,这下晋公主要倒霉了,他们这位皇祖宗发起脾气来,可是不管对象的。

下一秒,他擦了擦眼睛。

嗯?

萧枕看着怀里一无所知的少女,眼底闪过一丝笑意。

小骗子,现在睡得舒服,等明天早上醒过来,就有你受的了。

他抱着怀中的少女,大步走了出去。

"摆驾偏殿。"

"真的假的?"

苏悦看着面前表情复杂的小宫娥,不由得质疑起了她话里的真实性。

"千真万确,奴婢没必要撒谎!不信您出去问问,现在阖宫上下都知道了!"

所以说……

小可怜昨天半夜忽然睡醒了,然后发现她在他殿里睡死过去了,这么不讲礼貌的事情不但没把他惹毛,他还给她完完整整地送回来了?

他是不是睡蒙头了?

不对,不对,应该是这么回事。

她联想起昨天宁王的事,在脑子里形成了一个大致的猜想。

宁王的肆无忌惮让小可怜面上挂不住,所以他要强行秀一把恩爱,好让人家认为他并没有被绿,就跟娱乐圈里那些被爆出轨之后秀牵手照的明星夫妻一样?

她越想越觉得,她猜的应该是对的。

那现在宁王被双重打脸之后,岂不是极其尴尬?

"宫中盛传,陛下与新皇后恩爱有加,昨晚还是陛下亲自将公主抱回的偏殿。"

宁王淡淡一笑:"我这位皇弟是转性了吗?什么时候,他也对虎符的下落感兴趣了?"

下属听到自家主子说"虎符",压低了声音:"殿下,只怕……对虎符有兴趣的人,不一定是陛下。"

"萧枕此人真真假假,虚实难辨,本王总觉得看不透他。"宁王顿了顿,又说,"不过你说得没错,谈起对虎符的兴趣,咱们的陈太尉的确是在我之上的。先皇当年扒了陈子文的大将军官职,转封为太尉。看似荣升三公,实则是把他手上的兵权扒得一点都不剩。"

"所以他才急切地促成陛下与晋公主的姻亲,为的就是拿到传闻中的晋公主虎符。殿下,恕属下直言,这是冲着您来的。"

宁王沉吟道:"陈子文这些年倚仗着六部,广收门徒,新入朝廷的那一批人,基本上都出自他门下。若是一抱团,的确是个大麻烦。"

"所以,殿下,不能再等了。我们必须先下手为强。"

萧枕所料不错,他这一项出格的举动,确实是折腾到了不少人。

苏悦目瞪口呆地看着大白天出现在她屋内的苏恒,差点没把下巴惊掉。

"你怎么来了?"

还是光明正大从正门走进来的?小朋友你真当梁宫是菜市场啊,这么虎?

苏恒看了一眼带她进来的小宫娥,对着苏悦浅浅一笑:"臣昨日收到了陛下发来的一封手书,上面说,要臣亲手交给殿下才行。"

苏悦不知道他来做什么,只好配合着他先往下演戏。

"你有心了,那……那谁,你出去一下,把门带上,本公主有话要对这位使臣说。"

小宫娥应声关门。

"皇姐,我听他们说,你昨日在清辉殿中,被那个无兵无权的梁帝给羞辱了?"少年的声线听上去有些冷。

苏悦一听简直惊了,这谁造的谣?

她猛地摇头。

苏恒这才松了口气:"皇姐,我想留下来,保护你。"

苏悦心说,我要真是你姐姐,你这么不懂事,我早抽你了。但她不是,于是她还是耐下了性子来哄孩子:"弟弟啊,你知不知道你是皇帝?一直赖在别的国家不走,咱们晋国不会出状况吗?"

苏恒固执地摇了摇头。

她有些无奈,难怪在这么一个重男轻女的时代,晋公主一个女孩子会活得这么劳心劳神。

都是吃五谷杂粮长大的,怎么偏巧这孩子把脑子吃没了呢?

然而看着苏恒那个样子,她又觉得可怜。

一个半大孩子,父母双亡,现在又没了姐姐,一个人在这种钩心斗角的地方苦苦挣扎。

唉……

"苏恒你听着,"她终于严肃道,"你必须回去,你要记住,姐姐可以有事,但是你一定得好好活着,才能守护好我们的国家,你明白吗?不要辜负姐姐对你的期望。"

如果晋公主此刻在这里,这应该就是她想要告诉苏恒的话吧。

苏恒听完,紧了紧拳头,问道:"为了我,牺牲掉你自己的婚姻幸福,真的值得吗?"

这个时候站在晋公主的立场上,苏悦觉得,自己肯定得回答值得。

然而,电子屏的选项又忙不迭地跳出来捣乱了。

你觉得这么做值得不值得?

A. 值得

B. 不值得

……

苏悦就这么眼睁睁地看着自己扎了这个少年的心。

"当然不值得。"她听到,机械的语句从自己的嘴里蹦出。

她赶紧开动大脑风暴,思索这下该怎么圆回去。

结果,苏恒的脸上半点意外都没有,反而有些欣慰。

"之前我还在想,皇姐为什么来了梁国之后,性子都有些变了。"他轻轻地笑了一声,"还想着,难道真的跟那些人说的一样,皇姐已经变成了别人。"

苏悦暗暗往后退了一步。

不知道是不是她的错觉,她觉得苏恒周身的气场好像一下子变了许多。

"皇姐仍旧是原来的皇姐,并没有变,"他抬起头,看着苏悦,神情有些疲惫,"你的心中,永远只有大晋,从未有过我。"

苏悦心下一哂,果然,之前的什么天真少年都是装出来的。

皇族能有几个正常孩子,哪个不是个头还没桌子高的时候,就被硬生生地给养歪了?

"不过,"苏恒顿了顿,然后抬眸,深深地看着她,"总有一日,我会负责起皇姐的幸福。"

你给我冷静一点!

苏恒看着她紧张的样子,居然笑了,眸子里仿佛盛着整片星河,亮晶晶的,又像是十七岁少年的感觉了。

苏悦却觉得,这片明亮中,似乎隐藏着浓重的阴影。

他告诉她:"皇姐莫不是忘了,你我并非血脉相连的亲姐弟,若是朕愿意,就算是把你娶了,又如何呢?"

妈耶!好狗血!

不光苏悦是这么想的,直播镜头的不少观众也是如此看法。

有观众直接小窗主办方。

"他们俩怎么就不是亲姐弟了?"

主办方在正史里翻了半天都没找到任何记载,又跑去翻野史资料,这才把答案翻出来。

"啊,是这样的!"

实际上苏恒并不是皇室的亲生子,而是先皇后从宦官罗氏族中抱养来的孩子。

罗皇后只生了一个女儿,担心没有儿子,将来地位不保。罗氏也想维持自己的地位,于是一拍即合。

皇后假装分娩,实际上是从宗族中抱了一个孩子,冒充皇嫡子。

这个孩子,就是苏恒。

虽说这是个假儿子,却很得皇后看重。

直到临终前,她都拉着自己女儿的手,要求女儿一定要照顾好弟弟,无论如何都要守好弟弟的江山。

与此同时,晋国皇宫,暖阁。

皇帝的寝殿,大门紧闭,已经关了整整六十多天。

所有人都知道,晋帝苏恒病了。

但是,只有聂铮一个人知道,陛下是失踪了。

他是怀明公主亲封的天子侍中,是公主前往大梁和亲之前,亲手为苏恒选定的辅佐之人。

换句话说,聂铮,是怀明公主的心腹。

而今,他已经在暖阁外驻守了整整六十多天,一直提心吊胆,就是担心会有人以问病为名,借机强行闯入。

但奇怪的是,暖阁外一直风平浪静。别说是人,就是连只多余的苍蝇都没有。

太静了……

实在是静得,有些不寻常了。

——就像是有人已经知道皇帝不在宫内的消息,刻意不去问一样。

聂铮抬起头,看着殿外湛蓝的晴空。

今日艳阳高照,万里无风。

他一时打了个冷战。

"回禀陛下，苏恒已经离开。"

黑衣人单膝点在石阶上，垂首对着站在不远处的男子道。

"伤怎么样了？"男子淡淡道。

"回陛下，属下无碍。"

"那就好。"男子转过头来，暗金色的面具将他的整张脸全部隐藏起来，连带着白日里的张扬与虚幻的荣光。

虽是不见天日的王，却也好过龙椅上的一条狗。

清辉殿卧榻之中，隐藏着一个梁国历代帝王皆知，却从未有人想要触碰的秘密。

因为这个秘密一旦被触碰，便再无宁日。

梁宫地下十丈，弧线形的穹顶下，是深不见底的地下暗河。

沿着暗河撑舟而入，渡过第三重拱门，仰头便可看见石桥上悬挂着的一块漆黑的牌匾，上面写着两个字：

无归。

入此门者，非人非鬼，尘世无归。

"当日朕问过你，一旦进入这里，在世人眼中，你就彻底不存在了。"男子转过头看着地上的黑衣人，"如今，后悔吗？"

黑衣人抬起头，原来，他就是那日在刑房之中被苏悦撞破劫狱现场的重伤宫人。

"属下，不后悔。"

白日里被萧枕重伤逐去刑房的侍卫以及宫人，在没有他人眼线的情况下，都会在夜晚面临一个选择——

是拿着银两就此离开,从此隐姓埋名,抑或是抛开尘世的身份,浴血重生?

萧枕垂下眼眸,看着下面叩首的无数追随者,神色比月光更为清冷凝重。

他缓缓道:"大梁先祖遗训,传每一代继任者。大厦将倾,无归城启。从今以后,你们便是大梁最后的希望了。"

阶下数百黑衣门众,皆叩首山呼:"臣等愿誓死追随陛下——"

苏悦猛地从睡梦中睁开眼。

她转头看了看四周,四下一片漆黑,就连院子里也没有半点火光。连做了一晚上噩梦,现在是彻底睡不着了。

苏恒走时的话还在她的耳边回荡。

"虽说皇姐将我的族人都屠戮了个干净,但我不恨皇姐,因为我知道,罗氏误国,恃宠生娇,他们必须死。"他对苏悦笑着,神情天真而又残忍,"这个世界上,除了皇姐以外的所有人,我全都不在乎。"

自古病娇出少年。

苏悦揉着自己的太阳穴,天知道她是怎么连哄带骗把这个小病娇给送走的。

"你放心,姐姐知道你不在意这些,但是你也得赶紧回去啊,对不对?你不回去做皇帝,又怎么有能力保护姐姐呢?"

亲爱的,求求你快走吧!几千年以后的世道非常险恶,不光有萝莉控的怪叔叔,还有爱玩养成的怪阿姨。

你这种病娇设定要是敲中了他们心头的哪个点,电子屏上整出一些奇奇怪怪的问题来,姐姐可就真的保不了你了。

苏恒蹙眉深思,苏悦在旁边,暗自压抑着期待的眼神。

少年终于沉吟道:"那……好吧。"

苏悦几乎要喜极而泣。

麻溜儿地送走苏恒之后,一个细思恐极的猜想在她的脑海中渐渐成型。

把孩子养成这样,那个死掉的晋公主不会是故意的吧?

她打小从母亲那里得知苏恒的身世,因为是女孩儿,所以一直受欺负的晋公主发现了一个可以利用的点。

那就是刻意引导这个无血缘关系的弟弟,让他对自己产生禁忌的感情,以此来换得政治支持和筹码?

"我是上了一个什么魔鬼的身?"

屋内忽然传来一道微不可闻的笑声。

苏悦反应极快,顺势一卧,抬手便从枕头下面抽出一把利刃,指向床边。

然后,扑了个空。

耳畔传来微微的湿热,有人从背后靠着她,喉间隐笑,用低哑的嗓音说道:"反应挺快,就是准头不怎么好。"

苏悦辨出声音,手劲一松:"我晕,是你啊。"

蒙面人从床上翻身而起,倚在床栏上看着她:"不下杀心,你这样是扎不到人的。"

她把刀塞了回去。

"我本来就不杀人啊,我们那儿杀人犯法,我只不过带把刀防身罢了。不像你们这儿,一言不合就动手。"她转过头,看着蒙面人,笑道,"喂,杀过不少人吧你?"

蒙面人淡淡一笑:"我从十岁起就会杀人了。"

"牛哄哄。"

蒙面人勾了勾嘴角,他虽然不知道这三个字是什么意思,但是从这个小骗子的神情来看,应该是在夸他。

"苏恒已经动身回国了。"他说。

苏悦抬起头看着他笑:"喂,你监视我啊?怎么什么都知道?"

"我不监视你,怎么知道你这个小骗子说的话是真是假?"

苏悦点点头:"嗯,还挺有道理。"

蒙面人一笑。

"直接跑到偏殿来找我,胆儿还挺大,不怕被抓。"她舒舒服服地靠在枕头上跟他闲扯,"说吧,这次找我什么事?"

蒙面人看着面色悠闲的少女,惊讶于在这种处境下,她身处旋涡中心,还能这么自若。

霎时,他嘴角的笑意更深了。

"大梁两党相争,皇权旁落,我来劝你早早脱身,不要把自己害死。"

果然，那只小狐狸一听，非但没露出半分害怕，反而脸上写满了狡黠和……某种恶趣味？

"你上回说我不是公主就不管我了，结果却一而再，再而三地帮我，为什么啊？"她强忍着笑，"难道你看上我了？"

她说这句话的时候，睁着一双明如点漆的眸子，含笑望着他。

他眸色一暗，指尖屈成一弯新月，在她额上轻轻地磕了一下。

"你们那儿的女子都如你这般不知羞吗？"

"喊，原来不是啊。"苏悦揉了揉脑袋，撇撇嘴，"害我白高兴一场。"

他低了头，慢慢地靠近她，看着她不动声色地把身子往后挪，声线浓醇如酒，泛着令人心醉神迷的气息："若我说是呢？"

苏悦被他的眼神晃得一颤，手指攥住被单，堪堪稳住心神，对着他一笑："那巧了，我不是。"

他逼近的趋势一顿，微微一笑，又退开来。

她心底暗暗松了一口气。

"对了，你叫什么？"苏悦问道，见他没吱声，又了然地补充道，"随便编一个也行，方便叫你。"

蒙面人只在晚上出现，还能随意越过几重宫门的检查进到内宫里，明显是皇族，不肯轻易暴露身份的皇族。

"秦未醒。"

苏悦默念了两遍，然后点点头："好，我记住了。"

秦未醒笑了笑，又要走了。

"自己小心。"

"欸！等等！"

秦未醒身形一顿："还有事？"

"你可以告诉我，为什么所有人都在争抢晋公主吗？"

卡在他将要走的这个时间点上，苏悦终于问出了她一直想问的一个问题。

秦未醒回过头："真想知道？"

她点了点头。

"传闻，晋公主苏玥为求自保，在离开晋国之时，带走了一块虎符，那块虎符可以调动一支神秘而又强大的地下军队。"

"陛下。"黑衣人默默上前，替他解下披风，"苏姑娘不愿离开吗？"

萧枕敛眸道："朕本怜她为人棋子，让她自保离开。既然她不愿走，那干脆就让她留下。"

"留下？"黑衣人有些不解。

"宁王和太尉不是都喜欢围着她打转吗？这女子有时行事出人意料，若用得好，她留下足以把这水搅浑，让宁王和太尉全都摸不着头脑。"

萧枕淡淡一笑，小骗子，你可得努把力，千万不要让我失望啊。

"谁说我不想走了？我超想走的好不好？"苏悦隔着空气，对着屏幕对面的观众吐槽,"要不是你们,我早走了。"

本来呢,她以为毒蛇兄和小可怜两个人只是单纯地争抢一桩对自己有利的政治联姻。

晋公主虽然是处在旋涡中心,但好歹是战利品,人人争抢、人人讨好的对象,日子过得倒也舒坦。

但如果是为了虎符而来,那可就不一样了。

要是毒蛇兄和操控小可怜的太尉有一方等得不耐烦了,把她抓了逼问她虎符的下落,到时候她什么也不知道,岂不是就凉凉了?

不行,不能这么坐着等死。

"吁——"她拍了拍手里的糕点屑,给自己壮胆似的吹了声口哨,"行了,我的观众祖宗,愉快的米虫生活就要结束了,我来给咱们冲一拨收视率!"

宁王和太尉,先从谁那里开始下手好呢?

"晋公主邀约?"宁王接到消息时正在与人对弈。

他执黑,对手执白。

此时,白方虽占棋盘上大片位置,黑子被挤到了右下方一个小小的角落中,但是执白之人的额上,却渐渐滴下汗来。

宁王敛眉,落下一子。

白方投子,认输。

"属下棋艺不精,献丑了。"

最后一个气穴被封死,黑子绕着成片的白棋,连成一线。白棋被围,大势已去。

宁王笑了笑,接过下属递过来的手巾,擦了擦。

"既是佳人有约,那本王必然要捧场。"

"欸,你听说了吗?晋公主下午要在御花园摆宴呢!"

"知道知道,听说……是要请宁王殿下呢!"

从宴席上端完果盘回来的小丫鬟,比着手势,和其他人夸张地描述:"你们是不知道,她摆了整整二里地的屏风!几乎把整个御花园一半的长廊都给占了呢!"

众人惊呼道:"什么?二里地?"

苏悦坐在桌边,对着一眼望不到尽头的屏风长廊,不住地摇头:"太浮夸了,太浮夸了,劳民伤财。"

站在她身边的小宫娥听见了,连忙说:"殿下!这怎么会是劳民伤财呢?这可是您向宁王殿下示好的大好机会啊!您将来的大好前程,可就全压在这上面了呀!"

苏悦扭过头,看着这个"罪魁祸首",一时无言。

本来,她只是尝试性地询问一下小宫娥:"按照你们大梁的规矩,一般宴请亲王,需要做哪些准备啊?比如……呃,多大的规模?"

谁知,小宫娥一听,一下子就跟打了鸡血似的,猛地抓住她的手臂:"您是要宴请宁王殿下吧?"

苏悦被她吼得一愣,然后蒙蒙地点了点头。

"那这个学问可就大了。"

苏悦点点头:"那你说吧。"

小宫娥眼珠子一转,这可是个提高主子地位,跟着一起挣前程的好机会!

"首先啊,您这个阵仗,得越大越好。"

"大?"苏悦皱了皱眉,"要有多大?"

"听奴婢说,您得这么办……"

于是,就在小宫娥的一手操办下,他们搞出了一个史上最浮夸的请客阵仗。

据路过的宫人感慨:"上一次见到这么有排面的场子的时候,还是先帝迎娶皇后那会儿呢。"

苏悦:"……"

她扭过头,对着小宫娥,皮笑肉不笑地问道:"问一句,摆宴的钱哪儿来的?"

小宫娥倒是答得理所当然:"您私库里出的啊。"

苏悦猛地扭头看着桌上摆的各色山珍海味,顿时心痛如刀割,扯着嘴角强笑道:"呵呵呵……那我还真是有钱啊……"

晋公主一掷千金为讨宁王欢心的事情在一日之内传遍全宫,并且终于惊动了沉寂许久的陈太尉。

"什么？"陈子文惊得简直目眦欲裂，"晋公主如此大张旗鼓，是要摆明立场，给宁王那边站队吗？"

"大人，恐怕是的。"

"那萧枕呢？萧枕人在哪里？"

"回大人的话，陛下正在清辉殿内……饮酒作乐……"

陈太尉一脚踹开清辉殿殿门的时候，萧枕怀里正搂着好几个美人闹作一团，装作没看见来人的样子。

太尉见此情景，重重地咳嗽了一声。

萧枕这才佯作反应过来，饮下了一杯右手边女子喂来的酒，对着陈太尉笑道："今日陈公竟有空来找朕？难道是这清辉殿里的旖旎柔香过于勾人，连你也被勾来了？"

太尉看着他怀中紧抱着的女子，面露鄙夷，暗道，还真是团糊不上墙的烂泥！

萧枕见太尉面露不悦，心下了然，露出一副讨好的神色。他挥了挥手，示意围着他的美人们立刻散去。

清场完毕，他这才笑嘻嘻地端起一杯酒，走下殿前的台阶。

"陈公莫要动气，朕已经屏退左右，还请陈公，直言无妨。"

陈太尉这才冷哼一声，在下首一张扶椅上坐了下来。抬头瞥见萧枕还站着，也不叫他坐，就这么大剌剌地坐在国君的面前，颐指气使地训斥他。

"陛下可知，宁王殿下，现在何处？"

萧枕似乎面露赧色："朕……不知。"

"那陛下又可知，你那未过门的皇后，又在何处？"

"朕……亦不知。"

太尉听罢，怒极，用拳头猛地一砸桌子："竖子无知至此！那老夫要你何用！"

萧枕被震得浑身一抖，嗫嚅着："朕……朕……"

太尉见自己随便一句话就把他吓成了这样，心中又是鄙夷又是得意，面色却渐渐和缓了下来。

"陛下莫要惊慌，老臣今日来此，就是为了告诉您，迎娶晋公主一事，刻不容缓，绝不能让宁王那边，抢占了先机。"

萧枕一听，似乎面有不满。他看了眼太尉，又把视线挪开，仿佛是想说什么。

太尉冷哼一声："陛下，有话不妨直说。"

萧枕这才大着胆子道："陈公你是不知道，朕真是快被那个疯女人烦死了！"

"晋公主美貌动人，冰雪聪明，如何成了疯妇？"

萧枕似乎有一肚子的苦水要倒，他背着手，烦躁地在殿内来回地踱了好几圈，这才开口。

"她怎么不是疯女人了？你看，已经成过一次亲，还在自己的婚礼上亲手杀死自己的丈夫和公公！现在又和宁王勾勾搭搭，不清不楚！你说，朕怎么能娶这样的女人做咱们大梁的皇后呢？"

太尉见他目光真诚，心下一哂，这傻小子还真是一如既往地无用。

不过,也好。

若不是知道他荒淫无用,自己也不会留他在这个位置上这么久。

想到这里,太尉放心地对他承诺道:"你放心,只要你能够想办法从宁王那里,把晋公主抢回来,等拿到晋公主的虎符,这个女人,随你处置。"

萧枕闻言,眼前一亮:"真的?"

太尉笑道:"自然是千真万确。"

太尉走后,萧枕眼中的明亮一时转沉,渐渐化为深邃。

黑衣人从房顶上一跃而下,他奉萧枕之命,去打探御花园此时的情况。

"如何?"萧枕淡淡问道。

"确如陈太尉所言,苏姑娘在御花园宴请宁王。"

萧枕微微一笑:"这个小骗子,许是被朕之前的警告给吓怕了,这会儿,正忙着给宁王点迷魂香求自保呢。"

"那陛下,您……"

"总不好拂了咱们太尉的良苦用心,就依着他的意思,朕也去御花园那儿插上一脚。"

说着,他大步走出了殿门。

小骗子,终于要见面了。只是不知,你会把它当成是惊喜,还是惊吓?

·第四章·

双面君王

狗和狼看上去相似,实则不同。狗尾竖起,
是为乞怜;狼尾垂落,意在全力一击。

苏悦望着对面的宁王温柔似水的眼神,倒是有些敬佩起他来。

毒蛇兄一进来,就解下身上的披风,往她背上一盖。

"园中风大,公主切莫着凉。"

亲爱的观众朋友们,瞧瞧我们毒蛇兄这滴水不漏的演技,要不是知道虎符的存在,没准儿她还真会以为这男的暗恋自己。

她拢了拢身上的披风,狠狠地捋了一把。

啧,你瞅瞅这顺滑的毛皮,一看就值不少钱。

做这个决定之前,她已经仔细查看过晋公主全部的随身物品,乃至妆笼,全都没有发现虎符的存在。

她的举动，闹得直播间的主办方都搞起了一个大型的有奖竞猜活动，猜猜晋公主的虎符到底在哪里？

主办方声势搞得挺大，看似是把观众的热情全给激发出来了，实际上他们自己也不知道那块见鬼的虎符到底在哪里。

苏悦当时在屋子里翻了半天无果之后，忍不住抱怨："哪有什么虎符啊？不会是晋公主编出来哄这些人玩的吧？"

电子屏立刻屏蔽观众信号，小窗她。

如果找到公主虎符的话，会给她额外的一百积分。

苏悦心说，就是给她一千积分，找不到也就是找不到。

不过她倒是通过小窗的时间，和主办方确认了一件事情。

"时光机的传送机制，应该只能把脑电波传到已经死亡的人身上吧？"

电子屏这次回得很快：是的。

所以说，她来的时候，晋公主已经死了。

而她记得她刚来的时候，是在飞驰的马车上，旁边还坐着一个小丫鬟，如果晋公主死亡已久，小丫鬟不可能察觉不到。

那么，晋公主一定是死在和亲路上的。

全身上下没有明显伤口，且不被人察觉，毒发身亡的概率很大。毒发的当天，有追兵在后面追杀车队。

这个时代，只有王侯家中才有死士。

晋国皇族只剩下公主和皇帝两个人，总不可能苏恒无聊到一边杀人，一边大老远跑来保护她吧？

而下毒这件事情，只能在怀明公主离开晋国之前完成。

所以，下毒的和追杀的，应该是两拨人。

秦未醒多次提醒他提防宁王和太尉，再加上宁王当初迎亲的时间和神情都十分微妙，所以她断定，杀手一定是宁王派来的。

看着当初满心要杀自己的人，如今戴着这副虚假温柔的面具，在自己面前谈笑自若，苏悦心中就一阵恶寒。

宁王嘴角含笑，微微低着头，明明二十好几的男人，现下的样子，却仿佛一个怀春少年。

他看着她，缓声道："若是公主当真心悦我，萧玦便敢上那大殿之上，与陛下争上一争。"

大哥，您眼馋您弟弟的皇位就直说，别拿我当借口啊！

"你想多了。"苏悦喝了口茶，半点面子都不给地打了他的脸。

宁王面上笑得风轻云淡，指尖的杯子却隐隐露出一丝裂痕。

"那么公主今日如此大费周章地请本王来，究竟所为何事呢？"

苏悦一笑："那自然是有话想当面问你。"

她曾经从一个老赌棍那里听到过这么一番话，和那种爱出老千的人一起玩，就是要和他打明牌，让他没有动手脚的可能。

与其两人互相套话，不如顺水推舟。

今天的直播收视率，因为苏悦那极其吸引人的屏风长廊，创下了历史新高，大家都想看看，玩家要怎么绝地反击。

当然，也不排除更多恶意拆台的人。

宴会期间，电子屏上的选项不断跳出：

是否直问刺杀一事？是。

是否直接说出宴请是为了试探？是。

是否当面质问宁王下一步的计划？是。

……

想搞事的观众们不断地通过选项来操纵苏悦的嘴，让她将她的计划和盘托出。

然而，他们却万万没想到，这一切竟然都是苏悦提前计划好的。

宁王看着对面谈笑自若的女子，心中微讶。

苏悦低下头，偷笑了一下。

知道什么叫打明牌吗，毒蛇兄？

就是把全部的手牌、底牌全部亮到对手面前，让对方因为措手不及，而阵脚自乱。

我的咄咄逼问之下，你的冷静，究竟还剩下多少呢？

所以，这一次观众的坑……

呵呵，不好意思，正合她心意！

她在转变策略。

宁王眼底划过一丝兴味。

这个公主虽然是个假的。

但是……

与他对阵时，他却恍然间以为自己看到了怀明公主本人。

其实对弈之时，最难的并不是猜测对手的路数，而是将对手拖入自己的节奏之中。

既然对方摊牌,那么他也可以。

他把身子微微前倾,看着对面苏悦的脸上露出了审视警觉的神情。于是他勾唇一笑,低声道:"你以为,那夜是谁把那位大晋的使臣私放入宫中的?哦不对,本王说错了,应该是,晋帝苏恒。"

苏悦脸上一直维持着的淡定自若的微笑,终于裂开一条小小的缝。

她心中仿佛有无数只羊驼奔过。

宁王居然发现了苏恒的真实身份!

妈耶!他不会在那小朋友回国的路上下黑手吧?

宁王见她神变了变,但是很快就恢复如常。

"你在说什么,我为什么听不懂呢?"苏悦把眼睛睁得大大的,看着对面的宁王,似乎瞳孔中都写满了迷茫。

什么使臣,什么皇帝?你有证据吗,没证据就给我闭嘴。

"公主这是想跟本王装傻?"

"谁说的,我明明是真傻。"

宁王见她明着耍无赖,正待言语,却忽然被一个不速之客打断了——

"皇兄最近还真是不挑食了,连个再嫁的疯女人都能入眼。"

苏悦闻声抬头,下一秒又赶紧低下去,玩命地按摩自己的太阳穴。

哪儿来的神经病,把自己整得跟个探照灯似的!

她正揉着眼睛,那抹光源却忽然急速向她靠近。

下一刻，她就感受到，两根纤长的手指卡着她的下颌骨，将她的头死死地昂起来，强迫她看着自己。

他双目微眯，言语间透着一丝危险："公主为何双目紧闭？难道是心中羞愧，不敢面对于朕？"

"不，臣女只是被陛下的英俊闪瞎了眼。"

那人冷哼一声，然后手劲一松，放开了她。

"无趣。"

苏悦如释重负，扭头看风景洗眼睛。

世界上怎么会有人浮夸到浑身上下挂满宝石？太阳光照在身上反光能反得你连妈都不认得。

梁帝陛下施施然在他们这桌坐了下来，宁王面不改色，直视着他躬身行礼："臣见过陛下。"

然而萧枕却携了他的手，目光灼灼，言辞恳切："皇兄，这疯女人配不上你。"

疯女人在旁边适应了许久，才终于勉强能适应强光。她抹了把被逼出的眼泪，向小可怜解释道："回陛下，我并不想染指你皇兄。"

结果，那小可怜更来劲了："难道你想染指朕？"

可怜之人，必有可恨之处。

她抬起头，看向萧枕："我说你……"

吐了一半的气被生生卡在喉咙里，她看着那双浅褐色的眼睛，一时魂飞天外。

萧枕见她愣住，眉梢一挑："你在发什么呆？真想染指朕也不必如此直白吧?"

明明是一模一样的眼睛,但是给人的感觉完全不同。

一个眼底是望不尽的黑,谁也猜不透那神情背后藏着的到底是什么。

而这个人……

苏悦看着眼前的萧枕,虽然这两人瞳色如此相近,但是给人的感觉完全不同。

那个蒙面人如果是狮子,这个小可怜,充其量也就是一只爹了毛的猫吧?

"爹毛猫"继续胡言乱语:"想嫁给皇兄,当初就别选朕啊……"

这都是些什么鬼……

苏悦很少发自内心地觉得别人是个弱智。

与此同时,电子屏正在她看不到的地方,暗搓搓地打字。

直播镜头外,一大群观众捂着嘴,忍着自己因为憋笑而抽动的肩膀,看着主办方神一般的操作。

第十一选:

是否说出心里话?

A. 是

B. 否

"观众选 A。"

"你这个傻子!"

萧枕的脸色一时黑如锅底。

镜头外的观众们放声大笑。

苏悦：？

啥情况？咋把心里话说出来了？

电子屏这才慢悠悠地将透明化到极致的显示屏，慢慢地转化为苏悦肉眼可见的清晰度。

"抱歉啊，忘记提醒你了。"主办方幽幽地打字。

苏悦："……"

这时，一双手狠狠地掐住了她的脖子，卡得她几乎快喘不过气来，一个危险的声音在她耳边响起："你刚刚说什么？"

苏悦被掐住了脖子，根本说不出话，只能用无辜的眼神看着萧枕。

小可怜脆弱的神经好像被她"啪叽"一下给"咔嚓"了，现在整个人都陷入了暴走状态，股股寒意从他的眼中透出，仿佛真的想杀了她。

她心底暗叹，这下那帮观众老爷该过瘾满意了吧？

身体因为极度缺氧而濒临窒息的危险，那只手却仿佛还不满意似的，不断地收紧，收紧，带着极致的愤怒和恨意，要将她的脖颈生生地拧断……

就在她觉得自己真的要死在这里了的时候，终于有人出来解围了。

"陛下，不可。"

宁王淡笑着，将萧枕因为用力而发红的手指一根一根地掰开，那姿态轻描淡写得，好像毫不费力。

萧枕的手猛地一松，苏悦瞬间向下一瘫。

一双手从背后稳稳地托住了她，耳边传来一阵冰凉而又陌生的气息。

"公主没事吧?"

是毒蛇兄!

苏悦赶紧强撑着挣脱开来,旁边的小宫娥立刻极有眼色地扶住了她。

萧枕看着贸然出手的宁王,神色不悦:"怎么,她如此无礼,皇兄难道还要护着她?"

宁王神情有些复杂,他有些吃不准这是不是假公主的故意为之。她为何会忽然说出如此无脑的话?

而此时,萧枕发怒完全在情理之内,自己若是强行解围,反倒容易落人口舌。虎符下落固然重要,但如果让太尉那边抓到把柄,可就得不偿失了。

于是,他立刻抽身事外。

"臣不敢,请陛下自行决断。"

苏悦听完,嘴角一抽。

毒蛇兄盘算起来倒是挺快,买卖不合算,转头就翻脸不认人。

萧枕见宁王不再插手,嘴角勾了勾。

苏悦看他这副表情,直觉小可怜绝对没想啥好事。

果然……

萧枕露出一个恶劣的笑容,伸手挑起苏悦的下巴,嘴唇微张,一字一顿道:"把她给朕关到佛堂去!闭门思过!"

算你狠。

大门落锁之前，苏悦对着几个面瘫着脸的宫女一笑："我要跟我的人问句话。"

几个宫女对视一眼，不敢做决定。

苏悦微微一笑：

"提醒一下各位，我出来之后还是公主。"

"……"

"以后还会变成皇后。"

"……"

"宁王好像也对我有意思。"

众宫女："您慢慢问，我们给您把门！"

Yes，得逞！

苏悦面上笑容灿烂，果然还是毒蛇兄的名号最好用。

小宫娥云里雾里地被从偏殿唤来。

她看到盘腿坐在蒲团上，背靠着供案闭目养神的苏悦，大惊失色道："殿下不可！您这是对佛祖的大不敬！"

苏悦心说，我不敬它，它能把我怎么样？

她支起身子，走到门边。

"问你件事，梁国皇室除了你们陛下，还有没有谁的眼睛颜色跟其他人是不一样的？"她看着小宫娥，目光炯炯。

拜托拜托！秦未醒和小可怜可千万不能是一个人！不然的话，这件事情就太复杂了！

小宫娥迎着她期待的目光，点了点头。

苏悦心中一块大石头，猛地落了地。

"谁啊？"

"呃，还有十皇子，和陛下是一母同胞的亲兄弟。"小宫娥说道。

啊……看来这个十皇子，应该就是秦未醒了。

她还说呢，为什么长得那么像的两个人，性格和观感会差那么多？合着这两人是双胞胎啊。

真是老得不能再老的梗了。

苏悦笑了笑，对着她挥了挥手："再见，我没问题了。"

小宫娥："……"

佛堂的大门"嘭"的一声被合上。

小宫娥站在门外愣了许久，才呆呆道："可是十皇子殿下生下来没多久就夭折了啊……殿下突然问这个干吗？"

说着，她摇摇头，不解地离开了。

"无论皇兄怎么求情，朕也绝不会放了那个女人的！"

里面的人一挥袖，大门就在宁王面前被"嘭"的一声合上。

下属看着宁王阴晴不定的脸色，小心地问："殿下……您，没事吧？"

"也不知道萧枕到底是真的生气不放人，还是借此机会让本王无法接近那个假公主。"

下属看着自家主子，心下佩服。

被人家耍小孩子脾气，拍了一脸门灰之后还能冷静思考的人，也就只有他们主子了。

其实，这倒不是宁王多想。

他一直对这个看似无脑的皇弟，怀着十二分的戒备。如果说太尉是明面上凶恶的狼，这个皇弟就像是藏在暗处的鬼。

虽然萧枕自小被流放不长在京中，自己与他并不相熟。但也正是如此，那种违和感才会越发强烈。

他自己也被流放过边境，那时他已近十八岁，都觉得边境苦寒，失势的皇子在那里不仅得不到照顾，有的只是每日数不清的杀机和折磨。

在那种地方无声无息地死去，是一件相当容易的事情。

当年的萧枕因为天生异瞳被流放时，不过八岁而已。他得有多强大的心智，才能撑到成年返京？

他盘算半响，终于做好了决定。

"你派人送信给罗氏一党，就说本王想和他们重新谈一笔交易。至于报酬，绝对比当日在余晖城之时，要丰厚。"

下属得令要走："是。"

"等等！"

下属脚步一滞。

"跟着苏恒的人怎么样了？"

"回殿下的话，没有跟丢，三天前回报，苏恒已经上了梁、晋官道。"

山道上。

苏恒坐在车内，慢慢打开手中的折扇。

上面是龙飞凤舞的四个大字：向死而生。

记忆中，一身红衣宫装的少女对着他，巧笑嫣然："今日是你生辰，阿姊不擅女红，便以此物赠你。"

他接过来一打开，对着扇上的四个字喃喃出神："向死而生？阿姊，这是什么意思啊？"

少女愣了愣，然后摸了摸他的头："人在面临绝境之时，要有一往无前、逆风翻盘的勇气，才可获得一线生机。阿姊希望，将来无论何时何地，恒儿都能有这样的勇气，也能够尊重同样拥有这种勇气的人。"

他看着少女的眼睛，那双眼睛明明很年轻、很明亮，却仿佛被岁月的沙砾蒙上了一层厚厚的隔膜，让人看不清背后深藏着的情绪。

他沉默了一会儿，低下了头："阿姊骗我，阿姊想说的，根本就不是这个。"

少女看着他，叹了口气："恒儿，慧极必伤。有时太过聪明，并不是一件好事。"

苏恒从回忆中渐渐抽离。

他扬手掀起车帘。

此时是夜半时分，阴阳混杂，百鬼夜行，远山近处，一片死寂。

他的瞳孔忽然微微一缩，然后不声不响地放下了帘子。

"告诉车夫，加速行进，有人来找我们了。"

话音刚落，山道一侧，火光骤起，无数的箭雨向着山道中间的马车倾泻而来。

车子摇摇晃晃的，如同颠簸在巨浪之中的浮舟。

苏恒一把拎起蜷缩在座位下的使臣，帮他避开了一支没入底盘的箭，冷笑道："废物！有人给我们清路，你怕什么？"

使臣"陛……陛……"了半天，那个"下"字愣是噎在喉咙里发不出来。

苏恒猛地松手，使臣跌坐在座位旁，心有余悸。

帘子被完全掀开，苏恒的脸完全暴露在弓箭手的视野内，但他似乎毫不在意，对着山道另一头高声道："跟了我们一路，还不出手吗？！"

一名弓箭手闻声一滞，随即被一支从对面射过来的箭，命中面门，翻滚着落下山坡，横尸山道之上。

埋伏箭队的领头人屏住呼吸，难以置信。

怎么回事？

苏恒……哪儿来的帮手？

此时，晋国国内。

"萧玦这个混账！"

罗氏余党收到探子回报的山道截杀苏恒失败的消息，家主气得当场砸碎了一个花瓶。

"禀家主,宁王府来人。"

家主回过头,狠狠道:"他还敢派人来?你让人进来!"

宁王的下属从外面进来,躬身道:"奉宁王殿下之命,来和罗家主谈一笔买卖。"

"合作?"家主看着他,似乎差点气笑,"我费尽心思布置了那么久,瞒着朝臣苏恒不在国内的消息,就等着在山道上截杀他。他萧玦给我来这么一招'螳螂捕蝉,黄雀在后',给我把人救走,现在还敢跑来谈合作?老朽虽年迈,却还未老糊涂!"

下属淡淡道:"家主此言差矣,即便苏恒死了,仍会从皇室近亲中择出一人登基,再不济,还有身在大梁的晋公主。无论如何,这个位置都轮不到您来坐。"

家主反应过来:"原来宁王打的是这么一番算盘……你们以为,讨好怀明公主,就能控制大晋了吗?"

"家主多虑了,殿下的意思很明确。罗氏与苏恒,必须相互制衡。任何一家,他都不希望独自坐大。"

救苏恒,是宁王现阶段的一步保险棋,苏恒活着,晋国局势稳定,才能够为他争取更多的时间找到晋公主的虎符。

晋国一乱,真公主必然现身主持大局。到那时,一切就都晚了。

谁知,家主听完,冷笑一声。

"滚回去告诉你家王爷,苏玥必死,他萧玦想要的东西,一样也得不到!"

"必死？"萧枕面具下的神色，难得一变。

"回陛下，属下跟踪宁王的探子，一路跟到了晋国罗氏主宅内。据罗氏所言，早前晋公主在宫内时，被罗氏买通了身边宫人，每日将慢性毒药下在她的口脂之中，日积月累，和亲之前就已病入膏肓，现在早已回天乏术。"

"怀明将死，所以才搞出一个替身……不对，她若是死了，这替身又有何用呢？"

黑衣人看着他，说出心中猜想："恐怕，中毒的不一定是怀明公主。"

萧枕深以为然。

不错，小骗子和怀明长相如此相似。若自己是怀明，最聪明的做法就是让这个替身去替自己每日服用那些毒药，自己则躲起来，等到世人都以为晋公主毒发身亡之时再出来，令所有人都措手不及。

黑衣人迟疑着问道："陛下……苏姑娘，是否知情？"

萧枕思索片刻。

"朕去见她。"

苏悦这些天在佛堂里过得并不怎么愉快。

每天除了定时有人送来的三餐，就是对着四四方方的墙壁发呆，唯一的乐趣，大概也就是白天和观众们斗斗嘴了。

"你说说你们，没事儿是不是闲得慌？把我扔这里对你们有什么好处？这下好了，我发呆，你们陪着我发呆。等我再关满个半年，我就可以拿着三百万回去了。"

"咚咚咚！"

头顶上响起三下叩梁声，此时已经是夜晚，苏悦一下子便猜到是秦未醒来了。

"好久不见啊。"她笑眯眯地说。

"啪！"

回应她的是从房梁上掉下来的一把刀。

苏悦从地上爬起来，心有余悸地拍了拍胸口，对着上面喊道："喂！秦未醒，你什么情况？我哪儿得罪你了，你要拿刀子扔我？"

头顶上传来一声轻笑："拿着刀子，在自己的手上划一刀，看看流出来的血是什么颜色？"

苏悦听完，立刻懂了他的意思。

"你是说，有人给我投毒？"

"我也不知道，你不如先试试。"

苏悦心说，自己这些天就老老实实待在佛堂里哪儿也没去，哪来的给她投毒的？

不会又是往饭菜里下的吧？不是……大家就不能换个有点新意的法子吗？

不对，不对，现在毒死她，对大梁众位，一点儿好处都没有。

她提着刀子，踌躇半晌，才在手指头上浅浅地划了一道口子，流出几滴可怜的血滴。

头顶上传来秦未醒悠悠的声音:"换手臂上,划大一些。"

苏悦嘴角抽了抽,凶道:"划到动脉,凉了,你负责啊?"

秦未醒没听明白:"什么?"

苏悦这才想起他听不懂"动脉"指的是什么。

她咬了咬牙,又在手掌上划了一道重的。

这一次,鲜红的血液一下子就从伤口处渗了出来,疼得她直冒汗。

"如何?"秦未醒问道。

"红的,比啥都红!"说着,她没好气地道,"要真是黑的,我能活到现在?你是不是傻?"

"小骗子。"屋梁上传来一个淡淡的声音,"你知不知道什么叫关心则乱?"

苏悦觉得自己的心脏抽了一下,但她很快把这股异样的感觉压了下去,对着上面的人调侃道:"十皇子,你们皇家的人说这种骗小姑娘的话,都是这么张口就来的吗?"

屋外房梁上,秦未醒有些失笑。

本以为御花园现身,他会对她的身份有所怀疑。结果,她倒是有所怀疑了,却猜得有些南辕北辙。

"既然你都猜到我的身份了,你就没什么想问我的吗?"

苏悦琢磨了一会儿,试探道:"晋公主被人投了毒?"

既然人人都以为她是替身,那么秦未醒会联想到晋公主拿她去挡毒也不奇怪。

看来这个玛丽苏公主还真是被人给毒死的啊……

这算不算是聪明一世，糊涂一时呢？

"不错。"秦未醒将罗氏在口脂中下毒的事告诉了她，又疑惑道，"不过，我有一事不明，既然你没有中毒，那么就说明毒药是实实在在地让怀明公主本人吃了下去，那她现在人在哪儿，你知道吗？"

"喊，说了这么多好听的话，原来还是为了打探真公主的所在啊！秦未醒，你可真心机。"

苏悦从佛堂的供案上拔了根点着的蜡烛，对着蒲团的布料，在面上烧出一个小洞，又从洞里扒拉了些干草出来，糊在伤口上止血。

"嘶——"

粗粝的草梗往伤上一戳，瞬间令人倒吸一口凉气。

"还好吗？"头上传来迟疑的问候。

"不怎么好，"苏悦抹了把疼出的汗，"下回请人家自残之前麻烦先带点止血的东西。"

上面的人不知道是不是出于愧疚，没了声音。

苏悦又问道："苏恒呢？他怎么样了？晋公主中毒的事连你都知道了，宁王一定也知道了。他前些天在御花园里还告诉我，要在苏恒回国路上下黑手。"

上面的声音带着几分试探："你对你们的陛下，直呼其名？"

苏悦差点自闭。

她一时人设本子没绕过来不行吗？

于是，她又开始硬着头皮瞎掰："我对你们大梁的皇帝也是直呼其名啊，萧枕小可怜嘛。"

上面的人直接无视掉了这个不怎么讨喜的称呼。

"苏恒目前安全,宁王的人保了他。"他回答道。

本以为苏悦会惊讶,谁知道她不怎么意外地点了点头。

"我们毒蛇兄脑子确实上道快。"

上面的人听完,微笑道:"他确实下三路全精通。"

苏悦从这话里听出了一丝淡淡的不满和嘲讽,一下子笑容满脸,全身舒爽,连手上的伤口都没那么痛了。

"毒蛇兄一定会把目标转向我,"她想了想,提议道,"不如……你给我带一点什么不致命的慢性毒药吧?这样既圆上了他们的猜想,还能接近他。"

秦未醒没回应她。

她愣了愣,又喊了几声。

"秦未醒?"

"十皇子?"

"滴滴打人?"

还是没人搭理她。

看来人是真的走了。

她抱着自己的胳膊,慢慢地在蒲团上蹲了下来,假装现在直播开着,观众们能够听到她的吐槽。

"喂,我说……被古人撩心动了该怎么办?在线等,急啊……"

苏悦最终没等到秦未醒给她送的毒药。

那晚之后，那家伙就像是人间蒸发了一样，再也没来过。

她忍不住在脑子里琢磨："不会那家伙第六感那么强吧？我这儿还没表白的意思，他就吓得不敢来了？"

不过，秦未醒虽然没来，但是萧枕那个小可怜却不知道忽然发什么神经，居然把她的一日三餐给断了？

隔着一道门，苏悦听着小宫娥对着她哭诉道："呜呜呜……怎么办啊公主，陛下不让人给您送吃的，连口水也不肯给，不会是想活活饿死您吧？"

眼看萌妹子哭得梨花带雨，苏悦只好安慰道："安啦安啦，你看我这不还没饿死吗？别哭了，哭得我头都要炸了。"

小宫娥这才哭声渐弱，一下一下地抽噎着。

苏悦揉了揉自己的眉心，心说这样也好，饿个两三天的人也就倒了，还省得她主动服毒卖惨。

服毒还有什么余毒未清啊、后遗症啊之类的，光饿晕还不会有什么副作用。

小可怜真棒，坏心都能办好事！

于是，苏悦就这么断水断粮地挨着。

奈何晋公主身为一个金枝玉叶，却没有一个金枝玉叶该有的孱弱体质，身体素质过于硬核。导致她几乎是等了将近四天，才等到这具身体达到极限。

在她体力不支倒下的一瞬间，佛堂的门被人一脚踹开，轰然倒地，激起一阵扬尘。

那人一把抱起地上半睁着眼睛的她，撩动了直播镜头前无数女观众的心。

苏悦半睁着眼睛，失去意识前最后望了一眼那张熟悉的脸。

毒蛇兄，麻烦你下回耍帅的时候，考虑一下道具的心情好不好？

要不是刚才在地上滚得快，那门板就直接砸她脑门上了……

一盏茶的工夫后，全宫实锤——宁王和陛下抢人。

太尉收到消息，直接气势汹汹地杀进了清辉殿，屏退左右之后开始兴师问罪。

"愚蠢！真是愚蠢至极！"太尉气得抡起桌上的砚台，一把砸向坐在殿前的萧枕。

"啪！"

砚台落在殿内的石阶上，发出一声脆响。

萧枕的额头上，流下一道长长的黑色血线。

他微微合了合眼，将里面浓重的戾气强行压了下去，跌跌撞撞地跑下台阶，跪伏在太尉的脚边。

"是谁你允许你断了晋公主的食的？现在好了，宁王救走了她，你说她醒过来之后会选择站谁那边？"

萧枕抱着他的腿，痛哭流涕，懊悔不已："都是朕一时糊涂……陈公……"

太尉冷哼一声，狠狠地踢开他。

他借着内力化解了大半冲劲,头却仍旧重重地磕在石阶上,眼前黑了一瞬。

这个老蛆虫!刚才那一脚居然下了杀心!

高坐在龙椅上,看似万人之上的梁帝,在权臣的眼中,不过就像养着一条帮忙咬人的狗。

太尉见他靠在石阶上半天动不了,走了过来,蹲下身子,拽着他冷笑道:"陛下,老臣不论你用什么方式,一定要把晋公主给我夺回来,不然,这个位置,你也就让贤了吧。听明白了吗?"

萧枕口中现在全是撞击之后喷出的血沫,他喘息着答道"听……听明白了……"

太尉冷哼一声,嫌恶地松开他。

"找个御医来看,别给我死了。"

说完,他大步走出了殿门。

太尉前脚刚走,后脚黑衣人就从梁上一跃而下:"陛下!"

他慢慢扶起地上的萧枕,看着萧枕额角的黑血,掌心猛地收紧。

"陛下放心,总有一天,陈子文的所作所为我们都会一一讨回来!"

萧枕的狮眼中流露出嗜血的光芒。

"终有一日……"

我所受,我所伤,我所痛,必要他百倍来还!

苏悦醒来的时候，差点没被面前放大的那张脸给吓个半死。

宁王守在她的床边，正盯着她看，眸色温柔如水，好一个痴心绝对的模样！

苏悦扯了扯嘴角，道："早啊，殿下。"

宁王唇边绽出一个温暖的笑："公主醒了。"

"不过饿几天，还死不了。"

宁王转过头，对着旁边吩咐道："把熬好的药拿来，本王要亲自喂公主。"

苏悦一听，浑身的鸡皮疙瘩从头起到了脚。

"不劳你费神了，不劳你费神了。"

她的脸上写满了拒绝，当即就要支撑着准备起来。

然而这时，宁王却低下了头。

苏悦往后一缩，警惕地看着他。

干吗呢？想占便宜啊？你以为你是秦未醒呢？

宁王的头，在离她不到半寸的地方堪堪停住，然后动作一转，贴到了她耳边。

"我劝你，最好乖乖听话。"

这一回，电子屏难得良心了一次，终于在它该亮的时候，没有时间差地亮起来了。

宁王的威胁，你选择听话，还是反抗？

A. 听话

B. 反抗

苏悦盯着面前的显示屏,等待着观众们最终的选择。

然而这一次,电子屏却久久没有将答案公布出来。

·第五章·

赛制升级

没人喜欢被代表，正如代表的人不喜欢被给予的符号。

"怎么，不想乖乖听话？"宁王见她半天没说话，问道。

而苏悦却是恨不得拿拳头去砸那个该死的显示屏。

这玩意儿为什么不是实体的？要是实体的，她早上手了。

那条毒蛇都快起疑心了，观众的答案为什么还没来？

她以为是显示屏坏了，稳了稳心神，决定先拖一会儿时间，等着主办方来处理。

于是，她笑着反问道："你说的听话是什么意思，能不能解释一下呢？"

宁王看着她，坦然道："继续扮演晋公主，告诉本王虎符在哪里？"

"噢？"苏悦对着他，眨了眨眼，"这么做，我能得到什么好处吗？"

宁王看着她，一笑。

"本王很喜欢你的聪明，即便是做真正的公主，也足以以假乱真。"他压低了声音，步步引诱，"若你愿意，将来本王登基，皇后之位，便是你的。"

啧……

恕她直言，毒蛇兄你的许诺方式真老土，剧本里都快写烂了。

在电视剧里，基本上相信这种骗鬼的许诺的，都活不到大结局。

她睁大了眼睛，用错愕的神情注视着宁王，抬高了声音："殿下这是什么意思？我本来就是真正的公主，也是你们大梁未来的皇后。至于你说的什么虎符……我怎么从来没听过呢？"

苏悦完全不上钩，也不紧张。

她说的确实都是实话啊，这具身体，本来就是晋公主的。

她一边跟宁王周旋着拖延时间，一边不住地看向电子屏。

但是——

那边却迟迟没有回应。

你妹！下套整我的时候，要我给死宅们看大胸妹的时候，你倒是挺在线。

宁王勾了勾嘴角："所以，你的意思是，选择反抗？"

苏悦真是快憋屈死了，她脑子里有一万种怼毒蛇兄的方案，但是现在观众不做决定，她就根本没法表态。

结果这时，那该死的电子屏，亮了。

"根据当前情境，判定玩家选择为 B. 反抗。"

"此题观众票选结果为 A. 听话，玩家行为与观众相悖，扣除五十生存点。"

"您的当前积分为，七十七。"

什么情况？她这不是还没选吗？难道系统延迟了？

宁王见她有些心不在焉，淡淡道："本王一向喜欢先礼后兵，就先给你一段时间考虑。等你考虑好了，再来找本王也不迟。"

苏悦看到积分莫名其妙被扣了正心疼，哪有空搭理他？

于是她点头如捣蒜，心里盼着他赶紧滚蛋。

宁王见她这会儿看上去还挺乖巧，也不打算逼她太紧。

"那么，本王等你的好消息。"

临走之前，他留下了一个意味深长的眼神。

然而，苏悦根本没空去领会。

待宁王一离开，苏悦立刻嚷开了："为什么扣我积分？我这还没选呢？你们搞笑呢？逗我玩呢？"

电子屏那端静悄悄的，根本没人搭理她。

"耍无赖是吧你们？"

电子屏终于冷冰冰地丢给了她一个简单的回应。

"积分系统无任何异常。"

苏悦简直气笑了："不选就扣我分，还叫没异常？"

电子屏再度回应:"系统无异常。"

"你讲点道理好不好……"苏悦彻底吐槽开了。

这时,门外路过一个下人,听到她在里面一个人对着空气吵架。

那个下人靠在门外听了半晌,结果一个字也没听明白。

他对着天空翻了个白眼:"饿傻了吧,这公主?"

宁王殿下确实是个狠人。

苏悦在时限期内的不予答复以及合作者罗氏的步步紧逼,终于令他不得不采取下一步的行动。

这天凌晨,天还没大亮,苏悦就被一阵整齐的跑步声惊醒了。

佛堂外,一群握着火把的侍卫严阵以待。

"请公主移驾正殿!"

之后,半梦半醒之间,她就被侍卫们用押解的方式"请"到了大殿之上。

毒蛇兄正跪在殿外的石阶上,面上却没有一丝的狼狈,反而背挺得笔直,嘴角带着笑跟她打招呼:"早。"

她的脸上露出尴尬而不失礼貌的微笑:"没你跪得早。"

宁王笑了笑,用眼神示意她。

她一头雾水:"啊?"

"请公主跪下。"

她这才读懂了毒蛇兄眼神的意思,原来他是在说——

"你也请吧。"

一盏茶之前。

宁王笔直地跪在正殿中央,引来不少同僚注目。

虽说他的军功垒在那儿,没人敢多问,但是,一向作为权臣典范的人此刻居然当众屈下了他高贵的双膝,还是很稀奇的。

萧枕坐在龙椅上,遥遥望着他这位心机深沉的皇兄,一眼就看透了皇兄心中所想。

"朕听闻,皇兄今日寅时初就跪于正殿门前,不知所为何事啊?"他看着宁王,目光切切,好似真的关心他兄长所忧。

宁王俯身叩首,抬起头,朗声道:"臣万死,向陛下求娶晋公主!"

萧枕的嘴角掀起了一个不易察觉的弧度,上钩了。

"萧玦你混账!"萧枕还没发声,陈太尉已然开口,高声痛斥他,"朝野上下皆知,晋公主乃陛下未来皇后!你口出此言,意欲何为?莫不是真想以下犯上?"

宁王神色不变:"我与公主两情相悦,且陛下与公主尚未成亲,有何不可?"

萧枕故作愚钝,笑道:"皇兄若真喜欢她,也未尝……"

"不可!"陈太尉一记凌厉的眼风扫向龙椅,示意萧枕立刻闭嘴。

萧枕不说话了。

陈太尉道:"宁王此举,罔顾人伦,陛下,理应严惩。"

宁王却淡淡一笑:"当日和亲之时,公主并未指定和亲对象,本王亦在这和亲名单之中,如今公主与本王相知相爱,故而改其初衷,有何不可？"

陈太尉冷声道："宁王的意思是，这是公主的意思？"

"不错。"

陈太尉从鼻中爆出一声冷嗤："君子一言，驷马难追。两国邦交，岂可容你们如此儿戏？"

宁王微微一笑，眼中温情脉脉："她不是什么君子，只是本王心中的小女子。"

众臣倒吸一口凉气。

萧枕面上波澜不惊，搭在龙椅上的手指却有些微微收紧，如果盯着仔细看的话，应该能辨出五根清晰的指印。

"既然如此，"萧枕好像看不懂太尉眼神中的警告似的，"不如就把公主叫来问问？"

宁王的手往旁边伸了伸，似乎是想抓她的手。

苏悦把手一缩，面上笑容不变，用微不可闻的声音说道："拿开你的猪蹄。"

宁王也低声笑道："还请殿下听话。"

又是威胁！

下一秒，她的手落入了一个冰凉的掌心中。

远处刺来一道凌厉的视线！她似有所感，茫然抬头，却只看见正前方撑着头靠坐在龙椅上，不知道是梦是醒的小可怜。

错觉吧，应该？

陈太尉慢慢踱至二人跟前，目光落在二人交握的手上。

"听宁王殿下说，公主与他是两情相悦？"

我不是，我没有，别瞎说啊。

苏悦手上加重了力气，恨不得捏死这条造谣生事的"毒蛇"。

宁王却把手腕一翻，轻轻松松地将那不怎么大的手，包裹在掌心之中，十指相扣。

"玥儿别闹。"

苏悦觉得自己这下是跳进黄河也洗不清了。

陈太尉的脸色更难看了。

直播间外的女观众眼睛快被满屏的粉红泡泡糊满了。

龙椅上的萧枕终于开腔了。

他看着苏悦，好像看热闹似的问道："所以，公主是打算改选朕的皇兄了？"

但是，不知道是不是她的错觉，她总觉得小可怜刚才的眼神有点不太妙。

明明是带着笑，为什么那双眼睛里却好像没有一丝温度？

就像是……

某个人一样。

难道是当众被绿，终于自闭了？

主办方也很是有眼色地配合这个问题，放出一道选择——

请您选择您的当前阵营。

A. *梁帝*

B. 宁王

那头，观众们一个个脸上带着搞事的微笑，用鼠标按下了选项。

这头，苏悦盯着电子屏等了半天，什么结果都没等到。

萧枕小可怜已经在催了，苏悦觉得也真是难为他了，居然把那双恐怖的眼睛睁出了一种猫科动物的萌感。

"这个问题很难回答吗？"问的时候，那双眼睛似乎还眨了眨。

苏悦觉得，屏幕再不修好，她就要自闭了。

算了，先猜一个吧。

按照那帮女观众的心态，应该是选的宁王吧。毕竟她和宁王待在一起能满足她们看玛丽苏言情戏的欲望。

选 B 吧。

"回陛下，我选宁王。"

宁王的嘴角带着一丝胜利的微笑，捏了捏她的手心。

她哆嗦了一下，差点没起一身鸡皮疙瘩。

陈太尉真是气得要中风了："公主！你这是大逆不道！"

苏悦闭了闭眼，心底全是愧疚。对不住了，小可怜，我这也是为了保命，这分再扣下去，我就完蛋了。

"观众的选择是，A. 梁帝。"

什么？

苏悦猛地瞪大了眼睛，难以置信地看着显示屏，随即又明白过来。

她怎么忘了，玛丽苏戏再好玩，哪有整死玩家好玩呢？

再说了，这下不就两样都到手了吗？

她被观众套路了。

"扣除五十积分,您的当前积分为,二十七。"

"低分警告。"

"再次错选即将判定出局。"

龙椅上的萧枕收到了太尉的眼神示意,他撑着头,懒散道:"宁王是吧,御林军——"

一群重兵重甲的侍卫从殿外齐步跑了进来。

"拿下晋公主。"萧枕道。

苏悦被御林军以"私通"罪名摁在地上摩擦的时候,才终于意识到,自己的现状不对了。

2078年,直播间内。

"现在直播观众人数多少了?"主办方看着被按住的苏悦,问旁边的技术人员。

"八千多万人次了,"技术小哥推了推眼镜,"三分钟前,一家电视台向我们提出了购买转播权的意向,说是要在电视上转播。"

主办方长舒一口气,脸上露出满意的笑容。

"果然,临时更改赛制的决定是对的。"

玩家苏悦在古代生存时间长达半年,之前几乎一分没扣,她的累计分值最高峰达到了二百二十七。

按照这个进度走下去,她有很大希望赢得比赛。

于是,为了使比赛更具有可看性,天一科技决定临时更改赛制。

直播间不再提前向玩家苏悦公布答案，而是在她完成选择之后再进行公布。

如果苏悦的选择与观众一致，那么她可以瞬间获得一百积分的生存点。反之，则扣去五十积分。

看上去，这个赛制似乎是多加少扣，玩家占便宜。然而实际上，旁人的心思哪有那么好猜？

只要玩家连续猜错两次观众意图，就很可能面临出局边缘。

正如现在的苏悦一样。

况且，此次临时更改赛制，最狠的一点就是，它根本没有告知玩家规则。

能不能猜到是怎么回事，就全看玩家自己的造化了。

无数的观众都屏住呼吸，盯着直播的大屏。

现在，这位坚强的女玩家又被他们联手送进了监狱。她究竟能不能察觉到，自己目前的处境呢？

高清的大屏上，苏悦脸上每一个细微表情的变动，都暴露在所有人的注目之下。

她在牢房内思索许久，终于缓缓说出那句——

"喂，我问你们，比赛规则改了，对不对？"

直播镜头外，一片欢呼！女玩家的敏锐聪慧让观众们看得简直热血沸腾！

"合作愉快。"

电视台的工作人员终于下定决心，买下了这个直播节目的电视转播权。

然后,打出了他们的广告词——

"苏悦,新时代女性的代表,聪慧独立的代名词。"

此刻,并不知道自己已经从人混成了"代名词"的苏悦正蹲在牢里自我腹诽。

从软禁在宫殿里,到去佛堂关禁闭,现在干脆沦为阶下囚。

她还真是王老五过年,一年不如一年啊。

这会儿,牢里忽然传来了一阵骚动。

苏悦抬了抬眼皮,就看见一整队侍从模样的人捧着些什么杯盘茶盏之类的往里面走。

最夸张的是,还有拿吊箱抬被子的。

那队侍从走到她牢门口,终于停了下来,然后唰地分开两队,露出正中心的一个人。

即便是在阴暗潮湿、不见天日的牢笼内,苏悦依然能够感受到那衣服上的宝石,映着小小的天窗射进来的光线,反射出夺目的光辉。

她睁着一双迷茫的眼睛,看着面前一脸嫌弃的男人。

小可怜哪,你到底又要整什么幺蛾子?

"萧枕去了大牢?"

"是的,殿下。"

"这时候跑去示好,一定又是陈子文那个老狐狸的主意。"宁王倒是不怎么意外。

下属道:"陈太尉当众命人卸了您的冠冕,却没人敢把您抓进牢里,他心里自然是不痛快的。"

宁王笑了笑,主动伸手,脱去朝制外衣:"既然他不痛快,那本王就让他痛快一回又何妨?"

下属意识到宁王是想自己送自己进大牢,连忙阻拦道:"殿下不可!您可是千金之躯,怎……"

宁王却打断了他:"晋国空有国库充盈,却安于现状,在战场上不堪一击,一直靠着向梁国上贡维持和平,迟早会被灭掉。本王与萧枕,谁先一步控制晋国,谁就可以成为大梁真正的掌权人。"

所以,为了即将到手的江山,这牢门,进进又何妨?

小可怜刚送完东西,人还没走,苏悦就又看到了另一位不速之客。

宁王看着她笑道:"玥儿,本王来陪你了。"

苏悦的嘴角抽了抽。

萧枕看上去倒是还挺无所谓的,还对着这位绿了他的皇兄打了个招呼:"皇兄,朕就知道你会来。"

连苏悦都忍不住了,对着他吐槽道:"我是你未婚妻啊陛下,这你都不生气吗?"

结果,萧枕极为冷淡地瞥了她一眼。

"抱歉,朕对你没兴趣。"

……

宁王对着萧枕鞠了一躬:"多谢陛下成全。"

苏悦觉得,小可怜的头上,实在绿得耀眼。

"既然东西已经送到,那朕就不打扰二位了。"

说完,他居然走了。

苏悦看着一整间牢房堆满的乱七八糟的穿的用的,无语。

她转过头,隔着三道牢门的距离,宁王已经准确地蹲了进去。

"你们的牢房都不分男女的吗?"她隔着牢门,随手拽住一个路过的狱卒。

狱卒答道:"宁王殿下说,怕公主寂寞,特来相陪。"

苏悦:"……"

毒蛇兄这是跟她杠上了啊。

另一边,清辉殿内。

"陛下,宁王如此纠缠苏姑娘,您真的不生气?"黑衣人斟酌许久,才问出口这一句。

萧枕淡淡一笑:"你看小骗子对他有意吗?"

黑衣人毫不犹豫地摇了摇头。

"所以朕气什么?"

黑衣人假装自己刚才没看见在牢里那会儿,宁王叫玥儿的时候,萧枕的眼神一晃而过的锋利。

"陛下英明。"

这时,殿外来报。

"太尉陈子文求见——"

黑衣人和萧枕俱是眼神一凝，对视一眼之后，黑衣人身形一闪，消失在大殿之中，萧枕站在原地，神情已转化为通常那副无能模样。

陈太尉步下生风，几步入内。

萧枕笑着迎上去："陈公。"

陈太尉在距离他几步远的地方停了下来。

"宁王已经入狱，你过段时间寻个由头，名正言顺地宽恕晋公主，把她放到清辉殿来。"

萧枕故作疑惑："陈公，朕不太明白，你为何一定要把皇兄打入狱中呢？"

陈太尉听到这话，气就不打一处来："若非你无用，老夫何至于此！"

萧枕看着他，似乎还是不解。

"晋公主与宁王如今同气连枝，宁王为了稳定晋公主而入狱，届时一定会借机询问虎符所在。而只有宁王在牢里，我们才能盯着他，准确获知他的一举一动。若他在自己府中，你以为宁王府内的暗卫、死士，都是真正的死人吗？"

萧枕似乎面有愧色，低下了头："陈公教训得是，是朕愚钝了。"

"至于那个晋公主……"陈太尉冷哼一声，"到底是个女人，男人勾勾手指就动了情。她今日对宁王如此，他日未必不会对你如此。"

"我真是信了他们的邪，"苏悦低声吐槽，"对毒蛇兄动心？扯淡吧。"

她的牢房不像毒蛇兄那般风水地界上佳又安静，而是靠近门口，旁边就是值班的狱卒。

整整一晚上，苏悦都在听喝醉酒的狱卒们讲八卦。

什么宁王殿下为情所困，甘心入牢，晋公主就是个红颜祸水；还说什么现在民间书坊里，到处都是以他们为蓝本的传奇话本，不知道卖得有多好。

据说，还有少儿不宜版本的。

喝醉酒的狱卒抱着从外面买回来的话本子，抖着满屋子的黄色废料："只见那晋公主罗衣半解，系带微开，双目含情……"

什么？还有这种戏？

忽然，外间讲话本的声音猛地一停，似乎是被什么人强行打断了。

苏悦心中一动。

这时，一双手覆上了她的耳朵，熟悉的声音在耳边响起："耳根都红了，还听呢？"

苏悦自己知道，她根本不是因为听同人段子而脸红的，而是察觉到了身后接近的气息。

"你怎么进来的？"她低声问道。

那人低低一笑，声音中透着令人心动的酥麻。

"从上面啊。"

苏悦翻了个白眼，一脚向后踩去，却踩了个空。

转过身去,秦未醒已经坐在小可怜送来的软垫上,含笑看着她。

"你今天来,就是来和我分享你脑子里的黄色废料的吗?"

秦未醒难得听懂了她这句现代流行语,淡淡道:"但我觉得,你似乎挺受用?"

他继续悠悠道:"方才和宁王的话本子,你听得似乎也挺欣悦?"

苏悦看着他,难得认真道:"你吃醋了?"

但这人却只是笑了笑,就避开了这个问题。

"我原本有些担心,不过,看来,你过得不错,不用我操心了。"

苏悦看他低下头,嘴角带笑,把玩着小可怜强行塞进来的一个白玉雕成的酒壶。

"这里的东西我一样都没碰过。"

秦未醒把玩酒壶的动作一顿。

她又补了一句:"你之前说,让我别吃和别用宁王或者太尉送来的东西,所以我什么都没碰。"

秦未醒这才注意到,即便牢房内放置了不少软垫,但是在他坐上来之前,上面连一丝一毫的温度都没有。

根本就没人坐过。

苏悦知道,自己的表达虽然很隐晦,但是秦未醒一定听懂了。

她看着面前的人抬起头,望着她,笑得一如往昔般令人心动,言语之间带着哄骗的宠溺:"乖,真听话。"

但是,他的眼睛里,没有温度,一点点,都没有。

她的心,霎时重重地沉下去。

"陛下。"

萧枕没有回头，只是淡淡问道："如何？"

"苏姑娘……看上去很伤心。"黑衣人踌躇了一下，才说了下去。

"很好。"萧枕转过身来，缓缓抬眸。

正如苏悦所见，那双眼中没有任何的温度，明媚的黄背后是幽幽的冷光。温暖也好，蜜糖也罢，全都是假象，极致的假象。

狮子从来就比毒蛇可怕。

毒蛇冰冷阴森，狮子却可以伪装猫科动物的柔顺，然后在你放松警惕之时，一口咬断你的脖子。

"秦未醒的戏份够了，再晾她两天，差不多就可以找机会退场了。"

"是。"

萧枕听出了他声音中的迟疑："怎么，觉得朕太冷血？"

"属下不敢。"黑衣人低下了头。

这些日子，他是真的以为萧枕对那个假公主动情了。

宁王示好时，他那凌厉的眼风，龙椅上生生捏出的五指印……这些，难道都是演出来的吗？

萧枕见他半天没说话，心下了然。

他嘴角微微勾起。

从知道小骗子不是真正的晋公主那一刻起，这场骗局就开始了。

宁王几经试探，才下决心接近假的，去赌那个真的。他却是从一开始就把宝押在了假公主身上。

小骗子很重要,这是他的直觉。她的身上,一定有他最想要的东西。

于是,出手相救,夜夜相见。

其实,他若不擅作戏,又如何能够骗过陈子文这么多年呢?

大梁祖训,入无归城如入黄泉。作为人的情感,早在他开启地宫的那一刹那,就全部扔掉了。

无爱之人,又怎么可能爱上他人呢?

"我们秦未醒同志不去做演员还真是可惜了。"

感觉到天窗外一直监视着她的视线终于消失了,苏悦才终于长舒一口气,倒在小可怜送来的软垫上。

"妈呀,太舒服了!早就想躺了,憋这么一天可真是憋死我了。"她欢快地在垫子上来回翻滚。

苏悦实名担保,十斤天鹅绒加起来也不如蚕丝软滑。

如果主办方的直播时间把夜晚也算进去的话,就会发现一件奇怪的事情。

他们亲爱的女玩家,在得知秦未醒可能是皇子身份的时候,忽然就画风突变——由从小混社会的大姐头,一下子化身纯情无害的少女。

只要两人一同框,立刻满屏少女漫画风,苏点满满——男的情话绵绵,吐息之间,全是色气;女的脸红心动,强作镇定,一样不少。

其实……

苏悦看着天花板，微微一笑。

"爱上你了？这你也信？"

如果有一个男人，他原本和你素不相识，但是呢，却不知道吃错了什么药，每天都对你无事献殷勤。本来，你以为他可能只是色令智昏，贪图你的美貌。

但是……

"问你件事，梁国皇室除了你们陛下，还有没有谁的眼睛颜色跟其他人是不一样的？"

小宫娥点了点头。

"谁啊？"

"呃，还有十皇子，和陛下是一母同胞的亲兄弟。"小宫娥说道。

在这种情况下进行联想，一个可能是皇子的生物，在大家都为了晋公主手上未知的虎符玩命儿撕的时候，每晚都跑来调情，这个操作正常吗？

显然不正常。

不过，亲兄弟就该一视同仁。宁王也好，十皇子也罢，她能配合得了一个，自然也不怕配合第二个。

"白天被观众监视，晚上被你监视，"苏悦闭上眼睛，颇有些失望地摇了摇头，"还以为可以成为半个朋友，秦未醒啊秦未醒，你还真是想让我一梦不醒啊……"

或许是秦未醒的身手过于出挑,他昨晚在牢内的一个进出,居然没有让仅仅几门之隔的宁王发现。

苏悦不由得感慨,皇宫安保差也就算了,连宁王这种级别的心机党,到了晚上,警觉度居然也直线下降?

其实,不然。

宁王靠在墙壁上,闭目养神。

隔着三堵墙壁,说话的人又刻意压着气息,谈话内容根本就听不清。

对方不想让自己听见内容,却又在来的时候让自己知道他来过了。

甚至临走的时候,还在他的天窗外做了一个小小的停顿。

宁王觉得,自己应该没有漏听那一下石子击窗的声音。

他低声道:"你到底是谁呢?"

次日,清晨。

一个小狱卒从宁王那边过来了,停在了她的牢房门口,对着她极有礼貌地行了个礼。

"宁王殿下让我来请公主安,您昨晚休息得如何?"

苏悦被这个场景尬得顿了顿:"呃,还好。"

"那小人这就去回禀殿下。"

苏悦对他笑了一下，然后提高了音量："你去帮我问问你家殿下，耳朵是不是不太好，所以才整这么一出？"

那边传来了宁王带笑的声音："玥儿果然是真性情。"

整整十几天，她都活在毒蛇兄时不时的骚扰里。

比如……

"公主，殿下请您品鉴一下这盘核桃小酥。"

"好的。"我不吃甜。

"公主，殿下新近得了一幅好字，邀您鉴赏一二。"

"有心了。"我不识字。

"公主，殿下赠此玉兰，以彰您冰清玉洁、雍容典雅的品格。"

"多谢。"我讨厌蚊子。

……

以上引号内回答，纯属观众选择行为，与苏悦小姐本人无关，请勿多想，谢谢大家。

"听说，最近宁王在大牢内向公主猛献殷勤？"陈太尉背着手站在萧枕面前，俯视着他问道。

"是啊，皇兄可喜欢那个女人了。"萧枕随手抓过一本未批的奏折，翻了翻，又丢回了本子堆里，似乎很是厌烦这些东西。

陈太尉不动声色地将那本奏折拾起，打开看了看，目光忽然一凝。

萧枕的眼中划过一丝上钩了的笑。

"陈公，"他抬起头，用手胡乱地在宫人给他梳好的发髻上拨弄，神情中带着不耐，"每天都有这么多东西堆在朕的面前，朕真的是看得快烦死了。"

陈太尉一顿，面带打量地看着他："陛下的意思是？"

萧枕对他笑着，带着些许讨好："朕觉得，陈公于朕，亦师亦父，不如这折子，日后就直接搬去陈公府中吧？也省得朕看着堵心。"

这么大一块饼摆在面前，陈太尉却不敢接了。

"陛下不可，若是如此，不光陛下要受儒生们口诛笔伐，老夫也无颜面见朝中同僚了。"

萧枕故作失望，叹了口气："也罢，陈公所言极是。"

这个老蛆虫，反应倒还挺快，知道自己若是真的光明正大代批奏折，非得被朝野上下的唾沫星子给淹死不可。

"不过……"

听到陈太尉开口，萧枕惊喜地抬起头来，仿佛一下子从提不起精神的颓靡中走出，眼神中闪烁着浓浓的期待："陈公这是愿意替朕分忧了？"

陈太尉干咳一声："倒也不是不可，只不过……"

萧枕激动地挪了挪身子，用手掌拍了拍那空出的一半："陈公快快请坐！到底该如何帮朕？"

空出的那半张龙椅，散发着权力的馨香，如藤蔓细长交错的枝梗，一旦视线被它缠住，就再也不可能抽动分毫。

陈太尉的目光，死死地黏在上面。

萧枕伸出手，将他向下一拽。

"不必与朕客气，坐。"

黄金坚实的质感带来的是足够的满足与踏实，陈太尉用那双混浊却透着精明的光的眼睛看着萧枕。

"陛下放心，此后每日，老臣都会到清辉殿来，替陛下排忧解难，处理掉这些烦人的奏报。"

萧枕嘴角弯起的弧度越来越大："那就太谢谢陈公了。"

陈太尉匆匆离开。

方才握在萧枕手中的奏折，居然是许久不见的余晖城一带的军务奏折。

各地上书的奏本，一般都由六部汇集尚书台，经门下省核查后上达中书。之后，本该由中书奏达天听的折子就会被他压下，只拣对他无害的送给萧枕。

照理来说，余晖城的奏表是他时时刻刻盯着的东西，绝不可能看漏。

难道是宁王？

他的人将折子绕过了自己。如若不是萧枕愚蠢，让自己恰好看到，他又怎么会知道，晋国罗氏在两国边境内秘密练兵？

他召集朝中党羽，在家中议谈。

"盯紧宁王，罗氏经当年怀明公主抄家之后，早已是一盘散沙，不可能对晋国皇室有威胁。此时练兵……怕是与谁达成了交易。"

"陈子文现在一定在猜，宁王到底是开出了什么样的条件，才能够说动罗氏替其练兵。"萧枕坐在龙椅上，合目而笑，"可惜啊……那个折子，是朕故意让他看到的。"

"陛下何必与他虚与委蛇，若是您愿意，属下立刻就能替您杀了他。"陈太尉走后，黑衣人从阴影中走出。

萧枕手指搭在黄金制成的椅背上，自刚才陈太尉坐过的那半边轻轻划过，眸中闪过一丝厌恶。

他淡淡道："你以为朕就不想吗？但是，不可。"

陈太尉和晋国罗氏不一样。

罗氏是宦官受宠，一个阉人身居高位，晋国朝野上下，无人真正服他。所以，怀明当众杀他，是立威警告，也是真正得了人心。

但是，陈子文是什么？

曾经为先帝定边的柱国大将军，如今的手握大梁半块虎符的三公，真正的一人之下万人之上。

不，其实如果他不怕后世名声上有污点，他已经凌驾于任何人之上了。

"朕要留着他，让他在所有人面前暴露自己的野心……"萧枕拿起桌上的茶盏，发力一握，"然后，依从民心，替天行道。"

手一松，细碎的沙便从他的指缝间簌簌而下。

"小可怜今天怎么还没喊人来送饭？"苏悦撑着头，遥遥望着牢门外有光的地方。

毒蛇兄真是太有毒了，也不知道那天收下那个核桃酥是刺激到了他哪根神经，这两天一直在给她送甜食。

像她这种从小在街上混大的，对这些甜腻腻又华而不实的东西是真的没有半毛钱爱好。

这种粉得掉渣的东西除了糊嗓子之外，到底有什么好吃的？

齁甜齁甜的，简直比她演的恋爱戏还腻。

每天活下去的希望，大概只有陈太尉威逼小可怜让人给她送来的一日三餐了。色香味俱全，关键还是咸口的，小可怜怎么这么可爱？

仔细想想，宁王狠毒，秦未醒无情，大梁"猪蹄"天团里唯一单纯无害的，也就只有小可怜了。

"陛下到——"牢门外传来一声通报。

苏悦觉得自己仿佛闻到了饭菜的香味，瞬间精神。

萧枕从外面不情不愿地走了进来，边走边皱眉头，用手捂住鼻子和嘴。

随行的老太监立刻会意，对着狱卒骂道："你们怎么回事？陛下要来，都不知道提前打扫一下吗？"

苏悦在旁边凉凉道："不，他们只是欺负我这个外来公主。"

"你们好大的胆子！这可是未来皇后！"

苏悦看着宫人手上的食盒，眼睛发亮："今天吃什么？"

没人回答她。

牢门像往常一样被打开，但是，今天进来的除了食盒，还有一只面色古怪的小可怜。

苏悦盯着这个不速之客,警惕地问道:"你干吗?"

萧枕脸上露出一丝古怪的神情。

"那个……公主啊……"

他像是在强行组织语言似的,说一句,就要偏过头去捂住自己的脸,一副生无可恋的样子。

苏悦扯了扯嘴角:"陛下是要生了吗?"

萧枕一听,怒道:"疯女人你胡说什么?"

苏悦一脸无辜道:"在我们那儿,只有生孩子和便秘的时候,才会露出这样的表情。"

"你!"

苏悦不逗他了。

"你支支吾吾的,到底要干吗啊?"说着,她赶紧查了眼自己这些天加加减减攒下来的分数。

还好,还有一百来分,就算临时发难,也不至于开局阵亡。

萧枕把脸沉了沉,然后把袍子一撩,大大咧咧地往她对面的软垫上一坐,理直气壮道:"陪你吃饭!"

苏悦:"哈?"

难道尬撩这种病,也是会传染的吗?

半个时辰前。

"等等。"正坐在萧枕位置上替他看奏折的陈太尉,喊住了提着食盒准备出去的宫人,"这是什么?"

"回大人的话,这是每日按例送给公主殿下的餐食。"

陈太尉沉吟了会儿,问:"陛下呢?"

"还在休息,未曾醒来。"

陈太尉当场就摔了奏折。

"让他滚起来!亲自去!"

于是,小可怜就这么被从被子里拎起来,打包扔来了这里。

以上,就是苏悦听到的全部内容。

小可怜可能是起床气还没消,从坐下来的第一秒开始就在不停地抱怨,也不管这种抱怨会不会拉低那张脸的观看价值。

他就像一只花丛中采蜜的蜜蜂,一直在你的耳边嗡嗡嗡。

光吵也就算了,手上还不停。

苏悦额角的青筋跳了跳,如果不是关爱智障儿童,她一定会把手里的筷子戳到他鼻孔里面去。

她强压着自己濒临崩溃边缘的神经,皮笑肉不笑地道:"陛下,你不吃姜蒜辣椒,我理解。但是,能不能不要把它们都挑到我的碗里来?"

对面的人连眼皮都没抬一下:"不能,桌子上有油,朕嫌脏。"

忍耐,你是一个成年人,不能和熊孩子计较。

萧枕挑了一会儿,终于成功地将面前的辣子鸡里所有的干椒全部剔干净了,这才满意地点了点头:"朕吃好了,疯女人你继续。"

苏悦看着自己碗里堆起的红色小山,牙根一痒。

"虽然陈公说,你迟早要嫁给朕,但是,朕希望你记住——朕不喜欢你,现在不喜欢,以后也不喜欢。你可千万不要爱上朕了。"

萧枕站起身来,高高地昂着下巴,俯视着她。

苏悦放下筷子,抬起头,对着他微微一笑。

"陛下放心,我不瞎。"

小可怜吃瘪:"你!"

苏悦撑着头,对着他眨了眨眼,像逗弄小孩子那样,笑眯眯地用手指比了个心:"等以后姐姐嫁给你了,要听话哦。"

小可怜的脸红一阵白一阵,怒道:"朕明日再来!"说完,便拂袖而去。

·第六章·

公主大婚

人生如戏，前提不是偶像剧。

苏悦觉得，小可怜的人设好像不怎么讨那些女观众的喜欢。

毕竟，只有在宁王出场的时候，电子屏才会像抽了风似的拼命往外跳问题。而小可怜来的时候，如果不是电子屏亮着，她都忘了她白天是在直播了。

不过，直播到底是直播，不能依靠剪辑拼出偶像剧中的情侣感。

就算全天下人都觉得毒蛇兄和她天生一对，理应两情相悦，可她不想靠近，就是不想靠近。

观众很不满。

他们这么喜欢宁王，女玩家怎么可以不配合他们的喜好来呢？

怎么办？投诉！

于是，主办方的内线接到了无数个来自观众的投诉电话。

"强烈要求女玩家和宁王组情侣!"

主办方早就忘了自己的节目是个生存直播了,现在收视率这么高,投资也好,平台分流也好,银行账目上的流水每天都在哗哗往上涨,至于节目初衷是什么……

Who care?(谁在乎?)

"一千积分,黏着宁王。"电子屏上显示了这么八个字。

苏悦挑了挑眉。

一千积分?真的是一个很大的数字。按照每错一次扣五十分的规则,真的能给她换来很长时间的自由。

"但是,那家伙想要我死啊。"她对着电子屏,这么说道。

然而,主办方却好像是没听到她的话似的,把这句冰冷的提示音又念了一遍——

"一千积分,黏着宁王。"

苏悦笑了笑,哦,没得谈。

"那我拒绝。"

观众们看着屏幕上的女玩家,一个个都有些反应不过来。

这位女玩家可是一向为了积分半点节操都没有的啊,这次是怎么了?这么硬气?

结果,还没等他们把敬佩的话,在嘴里焐热,那边苏悦就已经重新开腔了。

"死了就直接出局了,要积分有屁用,是不是傻?"她边说,边耸了耸肩,"还是单身保平安。"

观众们气得嘴角一歪。

不过,苏悦的"单身保平安"理论,到底没持续多久,就被打破了。

这天正午,本该来送午餐的小可怜并没有出现。

反倒是许久不见的尚宫来了。

苏悦看着她那一头熟悉的繁重发饰,对着她挥手打招呼:"嗨,今天是来教我监狱礼仪的吗?"

尚宫板正的气场中出现了一丝凝滞。

她稳了稳心神,这才四平八稳地继续道:"陛下有旨——怀明公主思过已久,即日放出,择日完婚。"

苏悦一愣,她这是真的要嫁给小可怜了?

尚宫见她半天没反应,问道:"公主可是有什么异议?"

苏悦心说,我倒是没什么异议,你不如问问对面隔了三间的那个,看看他有什么想法没有?

结果,毒蛇兄全无反应。

他平静地听完圣旨,然后对着苏悦说了句:"臣恭喜娘娘,入主后宫。"

连称呼都变了。

苏悦看着他那个样子,盯着他不住地琢磨。

前两天还装得情深似海,非她不可,今天这又是唱的哪一出?

宁王见苏悦盯着自己,轻笑道:"玥儿莫非舍不得本王?"

苏悦默默移开了眼睛。

没错，是毒蛇兄本人，没被什么妖怪上身。

"不过，即便你仍旧对本王依依不舍，本王也不能如何了。"他淡笑着，似乎面有遗憾，"玥儿，木已成舟。"

梁宫真是一个大型八卦聚集地。

她的脚都没迈出牢门，八卦的小风已经搭载着宫墙边的柳絮，飘了满宫。

宫闱秘闻，宁王与陛下抢人惨败，伤情了。

"朕这个皇兄还真是厉害，临走前都不忘硌硬朕一下。"萧枕合上手中的信纸，轻轻一笑。

梁帝陛下一向修养好，长期的伪装行动让他对那些指名道姓骂他的话，已经悉数免疫了。

他手中的信，是一封来自晋国的国书。

来信人当初闯进皇宫的时候，他还救过。

可惜，晋帝苏恒对自己曾经的救命恩人，似乎没什么好脸色。

"陛下，晋帝在信中说了什么？"黑衣人问道。

萧枕淡淡一笑："就是一些简单的问候，顺带，提了一下他阿姊入狱的事。"

黑衣人低下了头，闭嘴。

那就……应该不是什么好话了。

苏恒是在半个月前抵达晋国皇城的。

当晚，他便在怀明公主心腹聂铮派出的探子的接应下，安全地回到了宫内。

"有劳了。"苏恒在主位上坐下，"朕不在的这段时日，宫内如何？"

聂铮回道："斥候来报，公主卷入了宁王和梁帝的争斗之中，已入狱半月有余。"

苏恒双目微微眯起，一字一顿道："梁国这是……找死吗？"

"陛下息怒，我们目前的实力，还不足以与梁国抗衡。"聂铮察觉到了少年皇帝眼中浓重的杀意，冷静地安抚道，"等待时机，才能不愁日后。"

苏恒深吸了一口气，压下腹中怒火。

"你说得对，是朕无能。阿姊在梁国受苦，朕……却只能眼睁睁地看着。"

"陛下不可妄自菲薄。"

聂铮的声音如一股冰泉注入，将苏恒的理智一下子浇醒。

苏恒以手撑额，两指揉着眉心。

皇姐一向了解他，留下聂铮在自己身边，就是为了让他时时警醒，万事不可冲动，不可逞一时少年意气。

他吩咐聂铮："拿笔给朕，朕要亲自写一封国书，送与那大梁陛下。告诉他们，如果不立刻把公主放了，朕就是孤身一人闯入清辉殿，也会取走他萧枕的项上人头！"

还记得当初她决定只身和亲，换回边境和平之时，自己惶惶不知所措，又气又怨——

气的是，余晖城守将不战而降，与那梁国宁王勾结；怨的是，自己年幼无能，连自己心爱的人都无法保护。

和亲队伍出行前夜，勤政阁内酒气熏天，他醉得跌跌撞撞跑入阿姊寝宫的时候，阿姊正坐在镜前，由着几个宫人为她梳妆。

嫁衣如血，黑发如墨，一支八宝簪绾起的，好像不是头发，而是她如此的一生。

这已经是他记忆中，第二次见她出嫁了。

上一次是两年之前，她答应嫁给那个老太监的侄子。

他看着阿姊眸中毫无温度地为自己穿上盔甲，披上喜服，走出内殿。临行之前，她还伸手摸了摸自己的头，对着自己笑："恒儿别怕，阿姊去去就回来。"

苏恒手中的酒杯"当啷"一声滑落在地。

镜前的女子仿佛才发现他的存在，回过头来，向着身边的宫人蹙眉："陛下来了，为何不通报？"

苏恒大步上前，猛地扣住她的手腕，把她往自己怀中一带，死死地箍住她，把头埋在她的脖颈间："阿姊……朕好恨！"

旁边的宫人纷纷将身子背后，不敢看这悖伦的一幕。

女子怔了怔，然后冷声道："还在等什么？退下！"

偌大的宫殿内，一下子就只剩下他们两人。

"恒儿，你醉了。"女子闻到了他身上的酒气，冷静地将自己与他拉开一个距离，"阿姊自小就告诫你，遇事要多思。借酒消愁，只是无能之举。"

"阿姊……朕是不是真的很无能,无论是两年前,还是现在,都只能看着你一个人……"

作为君王,他护不住自己的臣民;作为男子,他只能看着自己最爱的人,一次又一次为自己独涉险境。

女子叹了口气,无奈道:"恒儿,我知你聪慧,你我虽不是亲生姐弟,但是在我心中,你永远都是我的亲人。"

明明离得极近,他却好似用尽一生也无法跨过那道鸿沟。

苏恒的手心慢慢收紧,指甲硬生生地刺进了肉里,强迫自己清醒过来,退后一步,回到弟弟的角色上来。

"阿姊明日便要出嫁了,弟弟今晚,特来送嫁。"

女子看着他,淡淡一笑,就着嫁衣厚重的裙摆,双膝着地,跪在了他面前。

苏恒一惊,连忙起身去拉她。

女子摇了摇头,对着他,一叩首,朗声道:"陛下在上,怀明以性命起誓,此次和亲之行,必会耗尽一生心血,还陛下一个河清海晏的大晋!"

苏恒握住她衣襟的手指一根根地松开。

"朕发誓,绝不负你。"

"天子誓言能作数,村口母猪全上树。"苏悦边嗑瓜子边点评。

她那沾着盐渍的脏爪子,正一下一下地翻着小可怜怒气冲冲送来的苏恒的信。

今天一大早,她瞌睡都还没醒,就看见小可怜大步流星般冲进她睡觉的地方,把信直接摔到她鼻子上:"你自己看!"

她疑惑地接过来看,才发现是苏恒送来的信。

想不到这个小病娇居然这么"刚",虽然措辞优雅,但是核心大意就是在信里直接指着萧枕的鼻子骂,难怪气得小可怜脸都变形了。

"哎呀,对不起,对不起,我这个弟弟没教育好,怪我怪我。"

她笑了笑,伸手想去摸小可怜的头,却被他一脸嫌恶地躲开。

"放肆!"

她讪讪地把手收了回去。

"别生气嘛,他就是说说而已,又不会真的来砍你头。隔着几千里地呢,你再气,也不能隔着这层纸去打他,你说,是吧?"

萧枕没好气地冷哼了一声。

一帝一后,一个冠冕齐备,坐在床沿;一个衣衫不整,靠在床头。

殿内宫人面面相觑,接着十分有眼色地关门走人。

屋内瞬间安静。

孤男寡女,尚未成婚,有点尴尬。

萧枕不自在地干咳了一声,转过身去。

"既然要起来,就给朕把衣服穿好!衣衫不整地坐在床上吃东西,像什么样子!那些人没教你规矩吗!"

苏悦嗑了口瓜子，淡定道："陛下，上朝都打瞌睡的人好像没资格说我。"

萧枕愤而回头："你……"

苏悦的里衣正换到一半，见他回头有些猝不及防。

"耍流氓？"

萧枕故作羞愤，狠狠地扭过头去——

嘴角却古怪地轻轻翘起。

苏悦看他那个样子，捂着嘴在背后偷笑。

调戏小可怜简直就是她近些天的快乐源泉啊！

从牢里被强行捞出来之后，她就被遣送到了小可怜所在的清辉殿旁的暖阁内。

听说这是太尉的意思，皇后宫还没打扫出来，以前住的偏殿又实在离陛下的清辉殿太远，这才致使宁王乘虚而入，搞出这么一出荒唐的乱子。

苏悦觉得，在这里她还是要为毒蛇兄辩解一句了。

小可怜被绿，纯粹是自己的智力问题，有空拦着宁王，不如找个太医来给他整整脑子，免得这孩子以后走路上被人卖了还得替人家数钱。

眼看宁王有彻底凉掉的趋势，苏悦在暖阁内过得又实在是过于惬意，观众的愤怒值终于达到顶点。

主办方瞅着越来越多的投诉，交代旁边的技术小哥："想办法惩罚一下她,让她清醒点。"

技术小哥收到指令。

"稍等。"

十分钟后,御花园的水池边传来"扑通"一声脆响。

"来人啊——公主殿下想不开跳河自尽啦——"

瑟瑟秋风里,泡在冷水里的苏悦一脸无语。

"你们还可以这么玩儿的吗?"

技术小哥的控制屏上,刚结束了一轮选择设定。

前方路过御花园的水池,你跳不跳?

A. 跳

B. 不跳

观众选择:A. 跳。

主办方观赏完全程,满意地拍了拍他的肩膀:"年轻人果然有头脑,好好干,下个月给你涨工资。"

"你闹够了没有?又是跳河又是上吊的!嫁给朕,你就这么难受,一天都忍不了吗!"

萧枕黑着脸,匆匆赶来,把挂在房梁上的苏悦从绳子上解救下来。

苏悦被勒得半死,不住地翻着白眼喘粗气:"你……你以为我想啊?"

萧枕好像真的生气了。

"你要真喜欢皇兄,你就去找他啊!"

苏悦淡定道:"你皇兄还在牢里,谁要陪他坐牢?"

"冷血的女人!"

"幼稚的男人。"

萧枕拂袖而去,走之前还撂下了一句狠话。

"你就是吊死朕也不管你了!"

苏悦在后面微笑着挥了挥手:"陛下慢走,有空别来啊!"

小宫娥看着苏悦一身狼狈,赶紧招呼宫人抬水,给她洗一个热水澡。

"殿下何必想不开?"小宫娥叹道。

刚跳完河弄得一身水,还没来得及换干净衣服,结果一转头又跑去上了吊。

唉……殿下对宁王,果真是情根深种。

苏悦泡在浴桶里,闭目养神。

终于又到了自由的晚上。

今天白天折腾了一天,简直耗掉了她半条命。刚才检查了一下她的剩余积分,还好,足足有三百多。

当然了,她扯了扯嘴角。

这可是她白天的时候跳河、上吊、抹脖子全套操作下来换回来的奖励积分啊。

浴桶里的水波忽然震出了一圈圈弧线形的波纹,脖颈间传来丝丝的凉意。

那家伙来了。

她定了定心神,说道:"偷看别人洗澡,好像不太好吧?"

屏风后多出一道黑色的影子,低沉的男音自后面响起,情绪不太分明:"为什么伤害自己?"

苏悦愣了一下,继而明白过来。

这家伙该不会以为……她是因为要嫁给萧枕,不能跟他在一起,才自残的吧?

啊,也对。毕竟,之前她扮演的人设可是对这家伙日久生情的倔强纯情少女嘛。

于是,她冷声道:"你说我为什么?"

"小骗子,你心里有我。"他语气带笑,却透着深深的笃定。

我有你个头。

苏悦忍下自己一身的鸡皮疙瘩,演出一副口是心非的样子。

"难怪你给自己取名秦未醒,今早起太早了,没睡醒吧?"

"小骗子,"他的声音隐隐带着戏谑,"女人太口是心非,并不讨人喜欢。"

"反正也不用讨你喜欢。"

秦未醒靠在屏风后面,闭目聆听着少女带着情绪的语调以及手臂划动的水声,嘴角翘了翘。

"那该如何是好?"他淡淡道,"我却想讨你欢喜。"

苏悦看了眼旁边的毛巾架子。

怎么办?好想拿架子抡他脸上。

"这个小骗子还真是出乎朕的意料。"萧枕负手站在窗前,遥望着一墙之隔的院落里未熄的灯火。

黑衣人看着完好无损的萧枕,更是惊奇。

本以为按照那位苏姑娘的脾气,陛下这般始乱终弃的行为,势必要受人家姑娘大闹一场的。没想到,居然半点事情都没有。

萧枕垂下眼睫,笑了笑:"有意思,她居然从头到尾都没信过朕。"

黑衣人错愕:"啊?"

他望着不远的窗棂处,明明灭灭现出的残缺人影,嘴角不自觉地挂上了一抹温度。

"她要是真的生朕的气了,就不会搭理朕了。"

"疯女人,你是不是真的生气了?"萧枕看着坐在桌边,整个下午一言不发的苏悦,纠结了许久,终于忍不住扯了扯她的衣角,不耐烦道,"喂!朕都还没生气呢!你有什么好气的?"

苏悦回过头来,脸上难得挂着霜。

"你不是有点傻,你是真的傻啊!"她恨铁不成钢地伸出手指,照着萧枕的太阳穴就狠狠地戳了过去,结果不小心戳到了他脑袋上的伤口。

萧枕疼得嘶气,苏悦连忙收了手,嘴上却不饶他:"现在知道疼了?刚才干吗去了?"

看着这样的场景，屋内响起阵阵抽气声。

萧枕回过头，暴怒道："谁叫你们留在这里的？都给朕滚出去！"

宫人们闭嘴，鱼贯而出。

门一关上，苏悦的训斥声便高了起来。

"他欺负你，你就让他欺负，不会还手吗？就算不会还手，你不会还口吗？就算你连口都还不了，你不会喊我吗……"

今日正午，她本来被小宫娥逼着去喊小可怜一起吃饭。

"殿下，大婚将近，您也该和陛下好好培养一下感情了。"

苏悦看着这丫头刻意准备的满桌子菜，叹了口气。

"反正吃不完也是浪费，那……培养，就培养吧……"

"殿下，在我们大梁，妻子亲自去请自己的丈夫共进午膳，是一件得体又温情的事情呢！"小宫娥将她推出了房门，对着她笑，"所以，您还是亲自去请吧。"

苏悦站在门外，无奈。

这小丫头爬墙头的速度还真是快，前几天还和那帮女观众一样是宁王死忠粉，这么快就转对象了。

没办法……

她只好顶着繁重的头饰，带着两队小尾巴，去隔壁请萧枕。

清辉殿外静悄悄的，四下一个宫人都没有。

"殿下……"身后的宫女怯生生地喊住了她。

"怎么了？"她回过头。

"奴婢劝您,还是过一会儿再进去吧?"

"为什么?"她不解地问。

那个宫女是常年在清辉殿伺候的,对这样的情形再熟悉不过了。

她嗫嚅了半晌:"这……总之,您这会儿进去,要是看到了什么不该看到的,奴婢们就……"

听她这么一说,苏悦本来不好奇的,这会儿好奇心都被她激起来了。

不会是……

她倒吸一口凉气。

"哎哟,这大白天的,没想到小可怜这么会玩……"

她的脑海中出现了许多堆满带颜色废料的画面,面上露出了古怪的微笑,大步走了进去。

这么刺激的热闹,一定得看看!

小宫女见她往里走,想拦她,却又不敢进去,只好在门外小声喊:"殿下!殿下!快回来!"

苏悦置若罔闻。

"陛下玩儿什么呢?我来喊你吃……"

苏悦带着戏谑的声音在看到眼前的场景后,堵在了喉咙里,断了。

她的面色渐渐冷了下来,出口的话也带上了一层薄薄的冰碴子。

"这大白天的,太尉你这是做什么呢?"

此时已是十月过半,名为深秋,实则近冬。

她身上裹着里外三层的袍子,加了厚重的披风,都还嫌冷,更不用说地上低头跪着的,只披了一件单衣的萧枕了。

陈太尉方才如往常一样遣散了宫人,在殿内训斥萧枕,却不想苏悦忽然闯进来,一时有些尴尬。

"怀明公主,这……"

苏悦走到低着头的萧枕身边,解下自己身上的披风,罩到了萧枕头上,低声对他说:"你快起来,地上凉。"

萧枕转头看向她。

苏悦一看,呼吸一窒。

"这……"

一道黑色的血线,顺着他额上的伤口流入眼中。那双浅褐色的眼空洞洞地看着她,一时间让她想起了曾经在废弃物处理厂见过的,被人丢掉的破烂洋娃娃。

电子屏上跳出一个问题——

现在,你有机会给梁帝出头,你出这个头吗?

A. 出头

B. 不出头

苏悦心内冷哼一声。

这些人不就是算准了她要出这个头吗?

她直接无视了显示屏,沉默地将萧枕护在身后,转头看向一旁的陈太尉,眼风含剑。

"观众的选择是:B. 不出头。"

"您的选择与观众相悖。"

"即将扣除您五十积分。"

"五十分是吗?"她冷冷道,"你们拿去就是了。"

陈太尉皱了皱眉,没听清她刚才说的话:"公主方才说什么?"

她冷笑一声,话中藏刀:"我说,原来是我没见识了,没想到在你们大梁,一个小小的臣子,也敢随便骑到皇帝的头上去?"

陈太尉一时语塞,"这……这……"了半天,也没说出个所以然。

他可以将萧枕随意搓圆揉扁,却没本事在拿到虎符之前,随便得罪这位晋公主。

苏悦也知道陈太尉终究是对她的身份有所忌惮,正好半点面子都不用给他。

"滚。"她冷冷道。

陈太尉头一次被人指着鼻子像狗一样驱逐,心下火起,但碍于虎符,不好发作,只好重重地冷哼一声,便拂袖而去。

他人一走,苏悦便指着萧枕额头上的伤问道:"你的血,为什么是黑色的?"

她还没忘记,之前秦未醒让她拿刀在自己手上划伤口,就是为了以血的颜色判断有没有中毒。

萧枕抬起头,对着她笑了笑。虽然是在笑,却垂下了眸子,仿佛是支撑不起那沉重的眼睑。

苏悦伸出手,拍了拍他的背。小可怜平常总是神经兮兮的,还是第一次见他露出这副表情。

"这些年,朕要是不每天老老实实地将那些下了毒的饭菜吃下去,他早就不留朕了……"他的声音听上去很低,"疯女人,你知道吗,朕可能活不过三十岁……"

苏悦拍背的手一顿。

"你听好了。"苏悦一边给他额头上药,一边说,"从今天起,你吃的东西,所有东西,都在我这边,我吃什么,你吃什么,谁敢给你投毒,我就把他先捣碎炼成毒。"

说着,她抬高了声音,不仅仅是为了向萧枕做保证,还是为了警告门外某些有心的宫人。

如果不是清辉殿内的人做的,难不成陈太尉有空到每天自己专门来跑一趟,就为给小可怜的饭菜里"加料"?

"那疯女人你不生气了?"

苏悦闻言,撇了撇嘴:"我有那个空生气,还不如花点心思想想怎么救你。就你这个脑子,能挨到现在,也真是一个奇迹了……等等,把头偏过去一点!"

萧枕乖乖地把头转过去。

他的视线正好可以看到苏悦安静的侧脸。

小骗子一向活泼灵动,少有这么认真的时候。

不知道是不是小时候受过寒,她的手指有些冰凉,蘸了药在伤口上细细涂抹的时候,有一点镇痛的作用。

从前听宫内的老嬷嬷说，女子手凉是因为体内气血有亏，孕期和产期容易体虚，甚至可能不易受孕。

"疯女人，你小日子还好吗？"

苏悦呆了半晌才反应过来，这货居然是在问她的大姨妈。

她磨了磨自己的后槽牙，假笑着问道："告诉我，你脑子里刚刚在想什么？"

萧枕抬起头，目露无辜："你啊。"

苏悦："……"

还真是不是一家人，不进一家门啊。

大梁这些皇族尬撩的本事，是什么祖传的绝学吗？

"陛下，苏姑娘……是一个好人。"

"朕明白。"

黑衣人不说话了。

萧枕知道，这是对他的一种无声的谴责。

"她是，但是朕未必是。"他淡淡道，"如果朕因为一时儿女情长便动摇，朕该如何对你们这些追随朕的人负责，又该如何对大梁的百姓负责？"

"或许……陛下可否想过对您自己负责？"

萧枕转过头去，看着自己从刑房内救出的黑衣人，皱了皱眉。

"什么意思？"

"陛下有恩于属下，故而属下回以忠心；苏姑娘亦有恩于陛下，陛下打算回她以什么呢？"

回报给她什么了呢？大抵是欺骗与利用吧。

他淡淡道："她有恩于朕，朕也曾多次救她，两相抵扣，她倒还倒欠朕不少。"

黑衣人对他微微躬身。

"虽说一入无归城内，便是万般皆空，不再有情。但，人生在世，阅遍红尘之间，又如何能永远保持不对沿途声色动心呢？"

"我也是醉了，长这么大还是第一次被一个陌生男人问候大姨妈。"

夜间，苏悦躺在床上，抱着被子吐槽。

真没想到，混了两个世界，她最后还是逃不掉收养孤儿的宿命。

在2078年，她就是为了给自己收养的孤儿小琪凑医药费，所以才会想到报名来参加这个坑爹的比赛。

据当年收养她的那个女扒手说，她是被人抛弃在社区福利站的垃圾桶里。养母早上去那儿捡瓶子的时候，在一堆烂菜叶子和易拉罐里发现的她。

虽说命途多舛，但是好歹她也平安长大了。

十八岁成年之后，她开始打很多的杂工，也像她的养母一样，去收留那些和她一样无家可归的孩子。

如果世界对他们不好，他们就自己对自己好。

次日，她在一片濡湿中醒来。

房内爆发出一声麥毛的叫喊:"疯……疯女人——你流血了!"

"闭嘴,这是大姨妈。"

苏悦躺在枕头上,陷入了深度自闭。

想当年在现代,这种日子她还能抱着七八个快递箱在楼道里狂奔,而现在——

"殿下千万别动!陛下说了,您必须得好好休养。"

她准备下床去摸瓜子的手,被生生打了回来。

"那么,陛下有告诉过你,休息期间我能做点什么吗?"

小宫娥极其诚恳地告诉她:"睡会儿吧。"

无法想象,她睡了整整七天。

大姨妈终于走了的那天,她凌晨五点不到就冲进了萧枕的清辉殿,十个宫女都没拉住她。

"殿下!殿下!陛下还没醒呢!"

"那就让他醒了再睡!"

一把掀开帘帐,她才惊奇地发现小可怜居然醒着。

他手上拿着一件大红的朝制服,一脸错愕地看着她,下意识地把东西往身后藏。

苏悦心说,这么大的东西你怎么藏得住,是不是傻?

"大晚上不睡觉,看什么呢?"

萧枕清了清嗓子,故作淡定:"咳,礼部提前把大婚的礼服送来了,朕看看合不合适,合适的话就定下来了。"

苏悦面露狐疑："礼部的婚服做好了，我怎么不知道？不会是你自己逼着人家提前拿来的吧？"

小可怜又夯毛了："你胡说什么呢！朕怎么可能对你的婚服感兴趣？"

她的脸上露出了然的微笑，拉长了声音："啊——原来这件还是我的啊？"

萧枕生气了，把手里的衣服往她怀里一摔："拿去！"

苏悦小声嘀咕了一句："还挺傲娇。"

萧枕干咳一声，不自在地说："你这个疯女人，大早上跑这里来做什么？"

"你什么时候把我的禁足给解了？"

萧枕一脸茫然："朕什么时候禁你足了？"

苏悦深吸一口气，提醒他："你已经让我在床上躺了七天了！"

这句话不知道是触碰到了什么歧义，旁边有宫女把脸别过去小声偷笑。

萧枕把头别了别："你，你好了自己出去就是了！"

苏悦一哂，小可怜居然还害羞了？

随着婚服的完成，礼部长达一年的婚典准备，渐近尾声。

与此同时，宁王出狱，主动请旨于婚典结束之后，立刻离京，回到边境镇守。

宫里传，是宁王殿下终于心灰意冷，这才愿意放手离开。

苏悦道："鬼扯吧。"

"陛下有旨,此次两国联姻,旨在两国国民,愿止干戈,养民生息,永结秦晋之好。"

苏悦一身正冠朝服,立于正殿,对着龙椅上的萧枕一拜。

"怀明领旨——"

难得今天小可怜上朝居然醒着。

"公主留步。"

苏悦顶着足足有二十斤的头饰,人模狗样地走向殿门,还没走到一半,就被一个熟悉的声音喊住。

她瞬间打起了十二万分的精神。

妈耶!毒蛇兄又来了!完了完了,电子屏又要开始抽风跳题了!

宁王看着她一身盛装,眼眸深邃:"玥儿今天很美。"

她假笑道:"承让,承让,你也十分玉树临风。"

"嫁给萧枕,你真的决定好了吗?"苏悦抬眸与他对视,发现对方正好整以暇地看着她,"你这么聪明,甘心给他陪葬?"

苏悦微微一笑,诚恳道:"其实我不是很懂,为什么你们所有人都觉得他最后一定会死呢?"

宁王笑了笑:"到底是为什么,你难道不知道?"

苏悦一哽。

她就知道,清辉殿内投毒的事情,这位仁兄也一定有份。即便他不是那个动手的,也是那个乐见其成的。

"本王当初对你提议，你若是帮本王，便许以皇后之位。虽然你嫁给萧枕了，但是这个提议，仍然有效。"

宁王还是像当初那样，高高在上地抛出他的诱饵，等着别人像狗一样去咬钩。

真是让人讨厌。

苏悦嗤笑一声："拜托，我还是第一次见人空口说白话说到这份儿上的，你最后能不能当上这个皇帝，还两说呢。"

宁王却没把她的嘲讽当回事，仍旧笑得如三月春风般自若："现在本王再给你一个选择，本王要离开京城，你要不要一起跟去？"

电子屏一亮：

宁王离开京城，是否追随？

A. 是

B. 否

我是社会好青年，不搞动乱不贪钱。

苏悦又送掉了自己的五十分，当前剩余积分二百四十五。

拒绝了观众的要求后，她故作玩笑地问道："你要去干吗？闷声造反啊？"

"你说呢？"

这家伙未免太自信了一点吧？

苏悦暗自思忖。

造反不比造饭，需要大量的军队钱粮。

宁王当年在边境是靠战功起来的，有兵，虽然回来之后自己主动交掉了，但是毒蛇兄怎么可能不留后手呢？人，他是有了。

可是，钱和粮草需要很长时间的准备，这厮最近又一直被关在牢里，不久前才出来，哪有时间接手那么多的账目？

造反这种跟未来几十年前程挂钩的事情，她不信以毒蛇兄的多疑，他会放任下属去替他完成。

于是，苏悦笑了，试探道："听宁王殿下这么一说，你是胜券在握啊？"

宁王对着她微微躬身："功名已定，只差美人。"

"那皇兄——还是继续差着吧！"

一个不速之客忽然插了进来，随即伸出一只手，把她往后用力一拽，她猝不及防地倒在一个坚实的怀抱里，鼻尖嗅到了一股浓郁的龙涎香。

那个不速之客垂下头，面有怒色地看着她，瞳孔因为背离光线，而隐隐有些发黑，透着一丝危险。

苏悦心神一晃，这个眼神怎么有点眼熟？

"你给朕乖乖站好！"萧枕愤愤地推开了她。

她踩着脚下的高底鞋虚晃了好几步，才在小宫娥的搀扶下勉强站稳："是你推的我好吧？"

萧枕却不理她，拦在了她和宁王中间。

"皇兄也太不给朕面子了！你们先前的事情朕不管，私下怎样朕也不计较，但这里是临朝的正殿！往来的朝臣都在看着！你们在此拉拉扯扯，到底有没有把朕放在眼里？"

"没有啊。"

萧枕转头，对着苏悦怒目而视。

苏悦意识到自己皮过头了，干咳了两声："咳，我这是在替宁王殿下说话。"

萧枕眯了眯眼，伸出两指捏住了她脸颊两边的肉，把她整张脸，都挤得鼓了起来，像一只吐气的河豚。

苏悦嘴被捏住说不出话，只好拿眼睛干瞪他。

萧枕挑了挑眉："他没长嘴？要你做传声筒？"

鉴于小可怜今天异常刚猛不好惹，苏悦觉得自己还是先闭嘴观战比较好。

小可怜面色不善兴师问罪，然而毒蛇兄脸皮超厚，瞎话张口就来。

"陛下误会了，臣只是来向玥儿辞行。"

你们听听这称呼！你这是解释，还是插刀呢？

萧枕当胸中了一箭，脸如炭黑。

"朕觉得，皇兄叫朕的皇后，叫得过分亲密了。"

宁王轻咳一声，淡淡一笑："抱歉，没习惯改口。"

"公主！公主！"小宫娥抱着凳子，在她身边"吭哧吭哧"地坐下。

近些日子在苏悦的有意放任下，这小丫头是越发没规矩了。

暖阁里没其他人的时候，她干脆和苏悦坐到了一起，两姐妹面对面，一起嗑瓜子。

"干吗？"苏悦脑子里还在纠结宁王的算盘，有些心不在焉。

小宫娥把头凑近了一些，对着她笑得有点邪。

苏悦手一抖，她忽然觉得这小丫头看自己的眼神就像在参观一个温室大棚。

"殿下，听说，陛下和宁王殿下在承天门前对上了？"

苏悦："……"

她还真是一年四季都有瓜。

"早知如此，那日在承天门外，本王就应该同你切磋一二。"宁王搁下茶盏，看着面前背转身子的人。

那人一身黑袍，脸被隐藏在暗金色的面具之下，只余一双浅褐色的眼，在月光下映出幽幽的冷光。

他嘴角带了一丝笑，摘下头上的兜帽："皇兄说笑了，朕虽一直被那老贼困于清辉殿中，不比皇兄沙场历练，但骑射之事，倒也算略通。"

"略通？"宁王勾了勾嘴角，"陛下还真是谦虚了。细细想来，这么些年，我宁王府中的暗卫死士，可有不少都折在你手上了呢。"

萧枕淡淡一笑。

"皇兄承让。"

一月之前，大梁，天牢内。

子时过半，万籁俱寂，宁王枕壁而瞑。

"啪嗒！"

他闻声睁眼，一个小小的竹筒自天窗而入落在了他的面前。

他伸手拾起竹筒,打开一看,神色微讶。

竹筒里的东西不是别的,居然是大梁边境至皇城沿线重镇的兵力布防图!虽有些粗略,但是炮台和暗渠的标注都十分清晰。

天窗上传来一个低沉的声音:"虽然这图只是一半,但是真是假,宁王心中想必自有判断。"

"阁下之前造访晋公主时,似乎就与本王有过一面之缘吧?"

他指的是萧枕那晚扮作秦未醒来见苏悦的时候,在他的牢房顶上,故意让他察觉的停顿。

天窗上传来一声笑。

宁王淡淡道:"别卖关子了,你到底是何人?"

"将死之人。"

"看来本王的直觉是对的,"宁王看着他,笑容里藏着十二分的忌惮,"陛下,你果然是在装傻。"

萧枕的指尖划过手臂上未愈的伤疤,说道:"朕已时日无多,你不是已经验证过了吗?"

宁王不语。

萧枕取信于他的方式非常简单,划破手臂,让他看着那腥重的黑血从里面徐徐而下。

这种程度,毒素已入四肢百骸,就算是神医再世,他也绝对活不过一年。

他看着面前的萧枕,戏谑一笑:"所以你把你这些年的暗中积攒全都赠予我，是想我替你向那陈子文报仇雪恨？"

"你错了，"萧枕淡淡道，"不是赠予，打从一开始，朕铺路的对象，就只有你。"

兄弟相争，再怎么逞凶斗狠，也不过一姓、一家，若逢外敌介入，自然应当联手合作，共驱外敌，以保家国安宁。

宁王嘴角的笑容一顿。

萧枕声调清冷："不然皇兄以为，被贬边陲十年，九死一生，你是如何在陈子文的眼皮底下屡立战功，且最后安然无恙地活着回京的呢？"

宁王皱眉，过往的一切，都好似蒙上了一层厚重的雾，而如今，仿佛全都有了答案。

占余晖城，归还虎符，并收六部，从毫无势力，到与陈太尉在朝堂之上分庭抗礼。

原来，这些背后一直有一只推手在暗中默默助力。

他垂下头，忽然低低地笑了起来。

"皇弟啊皇弟，若你不死，本王还真是要寝食难安。"

萧枕一笑："那么皇兄是答应与朕合作了？"

"你以皇位来换，我又何乐而不为呢？"

两人对视一笑，合作达成。

全然不知道自己又成了某个猪蹄联盟做戏道具的苏悦，此时正濒临出局边缘。

她看着眼前被扣到只剩下五十分出头的积分栏，扶额叹气。

因为宁王的突然离京，电子屏成天没事就在她面前cue（提示）宁王的选项，大有她不跟着一起走，就要让她当场出局的架势。

"你们做个人吧，毒蛇兄已经是人生赢家了，你们干吗非要把我送过去给他做炮灰呢？"苏悦对着电子屏外的观众吐槽，"你们想想，小可怜没多久就得领便当，之后这皇位百分之百是他……"

吐槽到这里，她忽然顿住了。

等等，谁说小可怜死了之后，皇位就一定是毒蛇兄的？

如果是这样的话，那个前段时间每天晚上对着她尬撩的人又算什么呢？

观众们想看的，不过就是苏甜的玛丽苏言情戏，至于对象是谁，其实问题不大。

所以说……

想要既留在京城保命，又不减损分数，也不是没有办法。

她眼睛往旁边一转，今天小宫娥不在，别的人她信不过，压根不准放进来。现在，暖阁里就她一个人。

于是她笑了笑，压低了声音。

"你们不是想看男神吗？那我给你们换一个更厉害更有梗的好不好？不但嘴甜，而且会打架，虽然没看过脸，但是从身形来看，分值应该在宁王之上。姐妹们要不要考虑一下？"

一分钟后，苏悦收到了来自电子屏的观众反馈。

"谁？"

技术小哥言简意赅，只回了她一个字。

苏悦用手擦了擦鼻子，露出一个自信的笑容："跟你们主办方商量一下，我申请延长直播时间，劳烦你们，把晚上的休息时间也一并算进去。"

如果那家伙只在晚上出现，那她牺牲一下晚上的自由就是了。

"秦未醒啊秦未醒，你都利用了我这么多次了，我回你一次，也不算过分吧？"

·第七章·

暮夜无知

天知、神知、我知、子知,何谓无知?

苏悦不知道,她在 2078 年的热度,已经超过了当红的偶像。

"主任你快来看!直播观看人次十分钟前突破两个亿了!"

主办方看了一眼电脑,白了那个没见识的员工一眼。

"有什么好大惊小怪的,你没看她一天上十次热搜?"

小员工悄悄打开手机,瞅了一眼实时热搜,一惊。

"主任,主任!你快看!"

主办方皱了皱眉:"大呼小叫什么,又怎么了?"

"你看!"小员工的手机屏直接怼到了主办方的脸上,"她热搜又爆了。"

主办方拉开自己的脸,定睛一看。

当前热搜第一位:最强女玩家规则再变!

主办方愣了愣:"改规则了?我咋不知道?"

不远处技术小哥的声音传了过来:"对啊,就在几分钟前,还是她自己要求的。"

直播时长从当前的八小时制,增加到二十四小时不间断。

主办方承诺,和白天一样,如果玩家需要解决个人正常的生理需求——也就是洗澡、上厕所时,直播会主动切断。

可以说,是很"人性化"了。

苏悦靠在暖阁的垫子上,连外衣都没脱。

自从她搬进清辉殿,晚上就再也没见过秦未醒。

也不知道那个心机男是不是忌惮小可怜这里监视的势力过多,人多眼杂,不好出现。

今天白天的时候,她特意借故去了一趟当初两人在宫里第一次见面的小院,将一个竹筒,埋在了刑房的干草堆里。

竹筒里面,只写了四个字:

我想你了。

秦猪蹄现在一定特自豪吧?

万人争抢的假公主躲开了一切套路,最后掉进了他这个坑里。

今晚,他到底会不会来呢?

风起,屋内烛火俱灭。

她无声一笑,人来了。

暖阁之内静悄悄的，只能听到苏悦一个人的呼吸声。

这家伙也真是沉得住气。

苏悦决定主动开口："这么久不见，来了也不跟我说话，秦未醒你这是什么意思？"

黑暗中传来一个带笑的声音："小骗子，借故引我过来，你想做什么？"

"我信上不是写得很清楚了吗？我想你了啊。"

"是吗？"他轻笑了一声。

下一刻，风动，直播间外传出一阵惊呼。

苏悦被压制在床上，一脸惊魂未定地看着近在咫尺的人。

这是目前第一个敢上来就直接把女玩家推倒的勇士！

温热的呼吸喷到了她的脸上，秦未醒凝视着她的眼睛，眸光深邃，视线在她唇上游移许久，终究还是偏了偏，吻在了额头上。

女观众们纷纷尖叫捂眼，苏悦仿佛被一道天雷劈中。

秦猪蹄这次是真的玩得有点大了。

他看着面前一脸震惊的少女，戏谑道："是你自己说想我了，难道还想反悔不成？"

说着，还欲动手去掀她衣领。

眼看画风即将少儿不宜，苏悦终于忍无可忍伸手去拔头上的发簪。

然而她手指还没碰到发簪，就觉得手腕上一紧。那家伙似乎早有预料，笑了一声便轻轻松松地将她的手重新压制了回去。

"小骗子你打不过我,别伤了自己。"他贴在她耳边轻声道。

身上压力骤然一松,秦未醒起身站在床边,垂下头看着她笑道:"放心,你若是不愿意,我不会用强的。"

说得自己跟什么正人君子似的。

苏悦伸手拉了拉缠斗期间被扯散的衣领,还好她早有预料没脱外衣,不然,鬼知道现在会变成什么鬼样子。

"咚咚咚!"

房门忽然响了三下。

门外传来小宫娥的问询声:"殿下睡了吗,陛下传召。"

苏悦蹙眉,这大晚上的,小可怜这会儿找自己什么事?

于是,她回道:"还没有,你等我一下。"

身旁的人低声笑道:"殿下,深更半夜,密室之内,私会情郎,传出去,可不是什么良家子所为。"

"哦,你有本事现在开门走出去说啊。"

苏悦的淡定回答直接把秦未醒逗笑了。

"我不敢,"他笑了笑,"因为若是这么做了,以后就见不到你了。"

苏悦在黑暗中,对着天花板,翻了个白眼。

"对不起,宁王是谁我不认识。女玩家和套路帝,我锁死了。"

"假话真香系列。"

2078年直播现场,观众们还犹自沉浸在刚才的粉红现场里,久久不能平静。

"说起来,"有人在微博上发帖,"你们有没有人觉得,这个叫秦什么的蒙面人的眼睛看上去好眼熟啊。"

三十秒后,这条微博下面已经有了回复。

"兄弟,你这个发现太晚了。刚才直播的时候,就有大佬截屏了他的瞳孔拿去和梁国皇帝萧枕的进行比对,现在比对结果已经出来了。"

楼主焦急回帖:"那结果呢?"

"虹膜认证的认假率是一百五十万分之一,兄弟,你说呢?"

梁帝萧枕和蒙面人秦未醒,百分之百是一个人。

"大晚上找我过来,有什么事吗?"

苏悦看着萧枕一身白色睡袍靠在床榻上,衣冠不整的模样,一脸茫然。

萧枕白了她一眼:"疯女人你架子还真大,没事就不能找你了吗?"

苏悦心说,找是无所谓,就怕您老人家哪天看见什么不该看的直接自闭,那就糟糕了。

她有些心虚地挨着床沿坐下,忽然眼尖地瞥到,萧枕的额头上,居然沾了几滴汗。

"屋子里很热吗?要不要我叫他们通通风?"

萧枕察觉到了她的视线,伸手挥去额上的汗珠。

"啊……是啊。"

苏悦让人去开了门窗,瑟瑟冷风刮进门内。

十一月初的温度,她穿着披风都觉得夜里凉,更别说萧枕这一身单衣了。

一阵寒风吹过,她打了个冷战,然后瞄了眼同样瑟缩了一下的萧枕。

"呃,你……真的不冷吗?"

"你不知道中毒要散热吗?"萧枕答得理直气壮。

苏悦的脸上露出了看傻子的神情。

"没听说过。"

"孤陋寡闻。"

苏悦瞪了他一眼,把他按回了被子里:"你给我躺好,马上就要大婚了,你别到时候一病不起,丢下我一个人,我找鬼去拜堂?"

披得死死的被子里冒出一张带着戏谑的脸:"哟,看不出来,这么想嫁给朕?"

苏悦笑了笑,然后伸手把他的头摁回了被子里。

"你笑得真讨打。"

苏悦离开之后,萧枕脸上玩笑的神色尽数消散。

"她再也不会怀疑萧枕和秦未醒是一个人了。"他淡淡道。

黑衣人从暗角中走出,面沉如水:"是。"

"看来她还是不够聪明,"萧枕一把掀开身上的被子,里面盖住的是匆忙中来不及处理的夜行衣,"如果是朕,任何肉眼看不到的角落,都不会放过。"

"陛下——"屋外忽然响起一声通传。

他和黑衣人对视一眼,黑衣人低头向他行了个礼,便隐匿了身形。

"进来。"

一个宫人用托盘装着一个汤碗走了进来。

"公主殿下说,这是给您煮的姜汤,让奴婢替陛下闭好门窗,不要受凉。"

宫人说完,便退了出去,合上殿门。

陛下不发话的时候,就说明他现在心情很烦躁,不要去触霉头。这在清辉殿内,是大家共知的秘密。

萧枕盯着桌上的汤碗,神色有些晦暗不明。

终究,他站起身,伸手去拿汤碗。

暗红色的姜汤冒着阵阵温暖的白气,他端着碗走到窗边,手一扬,汤水尽数没入花茎。

整个过程中,他的手没有一丝一毫的停顿迟疑,脸庞看上去,似乎比窗外的月光还要清冷。

"来人!"

宫人从外面进来了。

"啪!"

他把碗往托盘上重重一搁,一脸少年人的口是心非:"烫死了!这个疯女人就不知道放凉点拿过来吗!"

"这个口是心非吹毛求疵的臭小子!好好说话能死啊?"

小宫娥看着苏悦那个样子,打了个哈欠。

"反正陛下说再过分的话,您也不会放在心上。"

"那当然,谁没事跟熊孩子计较?"

苏悦嘴上这么说,心里却有点奇怪。

那碗姜汤,不是她主动送过去的,是观众让她送过去的。

她并不觉得,就随便吹那么一下风,一个大男人就吹感冒了。但是,电子屏主动跳出了这个问题。

现在你有机会去拉近一下和梁帝的关系,给他送一碗姜汤,你去吗?

A. 去

B. 不去

这个问题出现得有点奇怪。

那些女观众,不是不喜欢萧枕这挂的吗?

她仔细琢磨了一阵,试探着选择了 A。

"玩家的选择与观众的选择相同。"

"已为您增加一百积分,当前积分为一百五十四。"

苏悦仔细回想了一下最近几次见面,萧枕的行为,确实没有什么特别拉好感的举动。

难不成观众里面也有不少跟她一样有照顾熊孩子癖好的?

2078 年,一条新的热搜压过了苏悦。

"梁帝,危险男人。"

"可甜可盐,可少年卖萌,敢上手生撩。"

"仿佛是爱情。"

从主办方到观众,所有人都知道了萧枕和秦未醒就是一个人的事实。

所以,当萧枕睁着眼睛说瞎话的时候,并不知道对面有好几千万人正看着他,笑得不能自持。

但是,主办方并不打算把这件事情告诉苏悦,反而搞了一个大悬念——

有奖竞猜:我们的女玩家,到底会在什么时候发现真相呢?

苏悦可能真的没空发现这个真相了。

因为她好像马上就要嫁给小可怜了,而且,现在连反悔的机会都没有了。

"殿下真美。"小宫娥给她别上最后一支八宝簪,伸手扶正步摇冠上坠下的流苏。

她偏了偏头,脑袋上的流苏发出细碎的碰撞声。

小宫娥吓得一把扶住她的头:"奴婢好不容易整理顺的!您可千万别乱动!"

苏悦只好僵直着脖子,坐在镜前不敢动。

"晋帝陛下对您这个姐姐真好,特意把贺礼夹在国书中命使臣一起带来。您头上的这个步摇冠,据说可是当年武皇戴过的呢!"

苏悦听完心下一哂，小病娇真缺德，这不是在诅咒萧枕早死好让她守寡吗？

"礼部的人快到了，殿下好了吗？"外面传来司礼女官的催促声。

"殿下，外面在催了。"小宫娥在她耳边道。

苏悦看了眼镜子里的晋公主。

明眸皓齿，一点绛唇，比原本的自己不知道要好看多少倍。

或许是因为打小营养不良，苏悦一直都是黑黑瘦瘦的，五官也偏于扁平，十几岁那会儿她还老是羡慕酒吧里漂亮的卖酒姑娘，成天穿得光鲜亮丽，挣的钱也多。

想想她一整个礼拜风雨里跑外卖刷出来的单子，可能还抵不过人家一晚上的酒钱。

她低下头看着自己的手，削葱的指尖上，用丹桂和肉蔻混了花汁染了指甲，小巧而精致，泛着明媚的红。

别说，她运气还真好，跑到这个什么生存游戏里，还能体验一把做白富美的快感。

小宫娥牵着她的手，扶着她慢慢起身。

凤冠霞帔，明黄深青，鞠衣深红，上刺龙形诏文。

小宫娥把一个长命锁戴在了她的脖子上，挡住了脖颈处绣的那条夸张的蟠龙，轻声对她说道："这是陛下给的，不在礼部的赏赐单里，说是大婚当日要您一定戴上。"

她伸手拿起长命锁看了看，除了是金子做的看上去很值钱以外，并没有什么特别的。

"这东西有什么特别的意义吗？"

她一问完，小宫娥便捂着嘴偷笑起来。

"自然是保佑平安啊！在民间呢，长命锁一般都是长辈送于晚辈的……"

苏悦眉头一皱："小可怜这是想认我做女儿？"

小宫娥强行克制住对自家主子翻白眼的欲望，解释道："您看，这个锁是男式的。"

"所以？"

"这是陛下自己的长命锁。夫妻一体，同气连枝，生则同衾死同穴。"

苏悦若有所思地点点头，心说，算是没白对这个熊孩子好，还挺有心。

"那，如果这锁断了呢？"她随口问了句。

"一人离去，一人独留于世，死生不复见。"

"三队的两人呢？"

"回殿下，已经在正殿的观礼台上埋伏好了。"

"很好。"

宁王遥望着不远处鼓乐笙箫的情景，神色淡然。

"吉时一到，陛下和皇后就会走上正殿门前的礼阶，受众臣朝拜，在他们转身的时候……"他薄唇微启，"即刻放箭。"

"目标是……陛下吗？"

"不，"他微微一笑，"是皇后。"

"你能不能扶着我点，我有点走不动。"苏悦维持着脸上礼貌性质的假笑，对着一旁握着她手的萧枕小声说道。

她身上这条裙子拖地拖了大概有个好几米，一路走来，只觉得身上越来越重。

妈呀！她不会是把整条道上的灰全给扫干净了吧？

"别说话！所有人都看着呢！"萧枕同样小声道。

他嘴上这么说，握着苏悦的手却猛地一松。

下一秒，苏悦觉得自己被一只有力的手拎住了肩膀，身上的重压一下子减轻了许多。

隔着厚重的朝服，她还是感受到了那双手上坚实的肌肉。

她惊讶道："小可怜你可以啊！看上去瘦瘦弱弱的，我还以为你是个白斩鸡呢？"

"你给我闭嘴！"

萧枕的声音听上去很恼怒，手却一点没松开，手背上因为受力而绷起一道青筋。

他几乎是用一只手承住了苏悦那无敌巨无霸款式后摆的重量。

苏悦嘴角翘了翘，伸手覆在了他的手背上，紧紧地抓住。

萧枕疑惑地偏过头去，却发现苏悦对着他在偷偷眨眼。

"刚才路过的那个大臣都在盯你的手了，陛下，"她笑着轻声说，"你可别把我给暴露了。"

小可怜果然红脸了。

"闭嘴!"

漫长的礼阶终于走到了尽头。

司礼太监在指定点站好位置,完成这场婚典的最后一步:

"礼成——山呼——"

大臣们在太尉和宁王的带领下,分列文武两队,跪下叩首。

"陛下万岁万岁万万岁——皇后娘娘千岁千岁千千岁——"

台阶顶端的两人,一下子暴露在空旷的正中心处。

宁王嘴角微勾,悄悄做了个手势,高处的下属收到指令,点燃了信号彩烟。

"咻——"

一道红色的烟柱冲天而起!

几乎是在同一时间,观礼台上,一道冷箭直奔正中而去。

陈太尉第一时间反应过来,嘶声吼道:"保护陛下、娘娘——"

然而已经来不及了,箭头直奔苏悦,她连躲都来不及。

"哧!"

恍惚中,有人挡在了她的前面。空气中传来利器刺破皮肉的闷响,血腥味渐渐弥漫开来……

时间好似静止了一般,她只听到人群中有人高呼:"陛下遇刺!"

萧枕的表情似乎很痛苦,每咳一下口中都是血沫。

那支箭扎得很深。

他伸出手,满掌心都是血,苏悦看得头皮发麻:"御医呢?"

胸前的长命锁一动。她看到,萧枕把它握在了手心里。明黄色的锁身,被血染得通红,刺目惊心。

她的声音有些发颤:"喂……求你别动……御医马上就来……"

萧枕对着她虚弱一笑,那双浅褐色的眼睛看上去如太阳一般温暖纯粹。

"你……没事就好。"

远处,观礼台上,黑衣人沉默地收了箭,按照原定计划撤离。

箭头准势偏心脏下方三寸,是很凶险但绝对不致命的地方,也是萧枕一早就计算好的位置。

宁王假借刺杀皇帝之名谋反,趁势退离京城,前往边境举兵,而留在京城的萧枕,也绝对不可能会被陈太尉怀疑。

两兄弟在明面上,彻底决裂。

半个时辰后,皇城北门被安排好的细作打开。

宁王带着几百私兵冲破城中围困,逃出升天。

举国震惊,宁王居然真的……叛了!

萧枕醒来的时候,已经是深夜。

背上已经没有那种血液流失的冰冷感了,他伸手想动一动,却发现有什么东西压在了被子上。

他睁开了眼。

少女的呼吸近在咫尺，她已经趴在床边睡着了，眼睛下面挂着浓重的青圈，看上去像是熬了好几个晚上。

冰冷的视线在她的脸上不带情感地划过，然后……落在了她的手上。

苏悦的掌心里，正紧紧地攥着那个沾有自己血的长命锁。

那个时候，他是故意那么做的。

生则同衾死同穴。即便是这般编出来，子虚乌有的说法，也足以在成亲当日在人的脑海中留下深刻的印象。

再心冷的女人，在刚听完这样的誓言之后，就有人以血来践，无论如何，都会小小震撼一次吧？

箭伤在左边，他微笑着伸出右手，轻轻抚摸着苏悦的头发，察觉到她快醒了，低下头，在上面落下一吻。

耳边是苏悦刚醒还带点鼻音的声音："醒了啊……臭小子你还敢偷亲我？被抓包了吧？我告诉你这要不是看你受伤了，我就捶你了！"

他压住眼底的笑，抬起头来抱怨："疯女人，朕现在是你夫君！"

苏悦退开三步，嫌弃地看着他。

"呵呵，拜堂了吗？洞房了……吗？"说完，她自己先愣住了。

嘴快就是一个大坑，总是时不时地把自己埋进去。

果然，对面那个家伙已经换上了一脸戏谑的表情，仿佛连背上的箭伤都不记得了。

"原来你在意的是洞——房——啊。"他故意加重了那两个字，拖长了音调，阴阳怪气地重复道。

苏悦看他那个样子，直觉自己刚刚昏了头。

不然怎么会在小可怜挡在她面前的时候，有一瞬间真实的心动。

她扯了扯嘴角："就你这个样子还洞房呢？要给你搭把手自己动吗？"

萧枕恼羞成怒："你这女人！说话怎么如此放肆！"

苏悦有些怜悯地看着他："是啊，好惨哦。已经娶回来了，还不能退掉。"

萧枕听完，挑了挑眉："过来。"

这小子的表情相当嚣张，苏悦想。

"干吗？"她还是试探着走了过去。

被子里伸出一只手，苏悦察觉到不对，闪身想躲。然而萧枕比她更快，他用那只没伤着的手一拽——

苏悦的眼前就出现了一张放大版的笑吟吟的脸。两个人以极亲密的姿势相拥而卧，近到苏悦因为震惊而颤动的睫毛可以碰到他的鼻尖。

湿润的水汽贴在苏悦的耳边，萧枕的声音听上去和平常不太一样，似乎有些变调的喑哑。

"说了你打不过我，还跑。"他戏谑道。

苏悦一愣："你什么时候说过？"

萧枕笑容一顿。

是了，他没说过，说这话的人是秦未醒。

苏悦还打算追问下去,就被一根手指堵住了嘴。

萧枕垂眸笑道:"长夜漫漫,皇后不觉得纠结这些旁枝末节,实在是有些浪费光阴了吗?"

"你今天怎么了?"苏悦终于感受到了自己这个任人鱼肉的姿势的不自在。

今天的小可怜似乎有点奇怪。

平时随便撩一下就脸红的人,为什么现在一副情场老手的样子?

萧枕两指捏着她的下巴,将她的头轻轻抬起。

"既然都退不掉了,那朕不做些什么,岂不是很亏?"

那双眼睛凝视着她,仿佛有魔力一样,深情得能把人吸进去。

他的头慢慢低下,靠近……

然后被人轻描淡写地用手掌挡住。

苏悦微微一笑:"陛下,相信我,你要是做了些什么,我保证你会更亏。"

被打断的小可怜似乎很不开心,冷冷地哼了一声,然后在她的手背上咬了一口,留下了两排略显粗犷的牙印。

"嗷!"

苏悦吃痛地揉着自己的手背,猛地推开他。

"你属狗的啊?怎么咬人呢?"

也许是用力过猛,萧枕的头居然磕在了背后的石壁上。他闷哼一声,就靠在上面,闭着眼睛不动了。

"碰瓷?"苏悦皱眉。

她伸出手指，照着他的脸戳了戳，没反应。

"你还演上瘾了是吧？"

萧枕睁开眼睛，有些不满地看着她："你就不能假装被朕骗了吗？"

"不能，太蠢了。"

萧枕皱眉："朕肩上的伤好像拉到了。"

"你再胡说八道试试？"

她的身子被人猛地往前一拉，一阵蒙之后，萧枕已经抱住了她。

苏悦本来是想再推一次的，但是……

已经碰到他衣襟的手指渐渐缩回，萧枕他……居然隐隐在发抖？原本推拒的手落在了他背上，轻轻地拍打安慰着。

"你没事吧？"她轻声问道。

"疯女人。"萧枕低声道，"朕会保护你的，绝对不会让任何人伤害你。"

隔着肩膀，苏悦看不到萧枕靠在她颈边的脸，只能听到他带着稚气却有些坚定的声音。

她心底一软，最受不了别人这样跟她说话了。于是，她叹了口气道："好。"

背光的阴影处，萧枕闻声抬眸，眼底冷静得可怕。

"你一定要相信朕。"

2078年直播间内，主办方的总屏被密密麻麻的弹幕所刷满。

观众基本上分站两派,此时正在热火朝天地对着撕。

一派是事业粉(特别关心自己目前关注的对象的事业发展,希望 TA 越来越好),觉得很久没有看到如此不带恋爱脑(一种爱情至上的思维模式,一谈恋爱就把全部精力和心思放在恋人和爱情生活上),渣得明明白白的男人。

此派观点总结一下,大概就是:烽火戏诸侯,不爱江山爱美人,这种二十一世纪初的古早桥段,都 2078 年了,你们还在看吗?我奶奶估计比较感兴趣。

此派多为单身女性以及结婚多年的男士。

另一派是站在女玩家的角度上的:权力之路千万条,正大光明直接对着撕不好吗?用那么下作的法子,把主意打到女人身上真的是超级恶心了。

此派多为有多次恋爱经历的成年女性以及未成年男性。

还有少数中立的,认为女玩家本身也在这场对撕游戏的中心圈,也参与了套路他人的活动。既然选择算计,就要有被算计的觉悟,一报还一报,没什么可怜的。

中立派获得了事业粉的支持,两派相拥握手。

"那啥……"

坐在主控室内的小员工弱弱地拍了拍主办方的肩膀。

"什么?"

"呃……只有我比较好奇,弟弟那边的情况吗?"

小员工默默地关了微博刷情侣的界面。

弟弟必须有姓名!

此时,晋国皇宫。

"探子回报,梁帝遇刺,昏迷七日,公主……"说到这里,聂铮顿了顿,偷偷去看苏恒的表情。

苏恒冷冷道:"继续说。"

"公主入内室,衣不解带,照顾了他整整七日。"

室内的风都仿佛凝滞不动了,聂铮明显感觉到了,苏恒是在强行压抑着自己的怒气。

明明知道,阿姊并不是真心想要嫁给那个萧枕的……

但是,听到斥候报回的消息,他还是觉得高估了自己的忍耐能力。

室内安静了许久,苏恒抬起头来,面上带着一丝可以称得上是平静的微笑,望着聂铮。

"步摇冠她可收到了?"

聂铮心中一紧,迟疑着点点头:"收到了。"

"可有什么话要带来?"

果然是要问武皇步摇冠的事……

聂铮暗叹一声。

宫中关于这个武皇步摇的传闻,由来已久,他也略有耳闻。

据说,这是当年怀明公主抄家罗氏之时,从那老太监的私库中缴获的。

抄缴的明细,御史台列了一张单子,递到御前过目。

结果，陛下却相中了这顶武皇步摇冠，偷偷留了下来。

公主得知之后，以为陛下是自己藏私，就赶来要求陛下将东西还归国库。

结果，陛下却将这顶步摇冠，戴在了公主的头上。

"他日朕若娶卿，必以此冠相配。"

……

"没有，陛下。"聂铮终究还是说了实话。

苏恒面上的微笑居然半点都没垮掉，淡淡道："这样啊。"

但是，聂铮却明白，此时的陛下，最危险。

"呵，聂铮啊……你说，朕该砍掉萧枕的哪只手脚呢？啊不对，他一定是两只都碰了……算了，干脆，把他的尸首直接剁碎了，拿去喂狗吧？"

他好似在笑，但是眼底写满了灰暗与阴鸷。

聂铮猛地打了一个寒噤，在苏恒没有说出更危险的话来的时候，出声制止了他。

"陛下！"

"嗯？"苏恒别过头，凝视着他，眼神空洞。

"实际上，公主离开之前，有一件十分重要的事情，交代我一定要在合适的时机告诉陛下。"

苏恒一听是阿姊交代的事，灰暗的眸子里终于有了一丝人的神采。

"何事？"

聂铮道:"陛下可知道,外面都在传的晋公主虎符?"

苏恒不屑地嗤笑了一声。

"晋宫之中,虎符一共三块。一块调动皇室暗卫;一块主州县之兵,其中州县符一分为二,一半在朕手中,一半在兵部尚书手中;最后一块,主边境守军,同样一分为二,一半在朕手中,一半交付于守军将领。那些人以讹传讹,朕倒想知道,哪来的公主虎符?"

聂铮看着他,认真地点了点头。

"不,陛下,公主虎符,确有其事,公主和亲,也确实与那虎符有关。"

苏恒看他神情不似作伪,一顿:"阿姊她……"

"此事,还得从余晖城一役说起……"

"宁王果真跑去了余晖城?"

陈太尉接到党羽回报,心下犹疑不定。

他之前是想过,宁王早在余晖城一战中就和罗氏相互勾结。余晖城破后,晋公主以和亲之名换回边境余晖城,宁王从城内撤军。余晖城的实际控制权,彻底落入了罗氏余党手中。

百足之虫,死而不僵。

罗氏虽在晋国国内早已没落,但是如果他与宁王达成交易,替其在边境练兵,也不是不可能。

换言之,所谓的晋国余晖城守军,极有可能是宁王藏下的一支私军。

但是，这么光明正大地跑过去，是生怕人家不知道那是他的队伍吗？

"我问你，你此次去探，余晖城守军，拢共多少人？"

"加上全部的将领，甚至伤兵、老兵，不过七千。"

陈太尉皱眉，一支七千人的队伍，虽说不少，但也绝对不足以让他从边境打到皇城来。

他还有别的倚仗？

难道？！

陈太尉神情一凛。

"虎符呢？晋公主的虎符！宁王是不是得了消息？"他拎着回报之人的衣领，厉声问道。

"回大人……不，不知。"

他猛地松开手，回报的人一屁股坐到了地上。

"走！即刻随我入宫！"

陈太尉到的时候，苏悦和萧枕正在用晚膳。

苏悦今天特地下厨炖了一大锅鸡汤，里面添了不少虫草和大枣，满屋子都是药膳的香味。

她给萧枕盛了满满一大碗，看着对方蹙起的眉头，威胁道："不喝完你就死定了。"

萧枕闻着汤里那浓浓的草药味，又看了看苏悦，不情愿地接过来："好吧。"

门外忽然传来整齐的脚步声,有人高声在喊:"把清辉殿围起来!"

陈太尉一脚踹开殿门,大步而入。

萧枕的手一颤,汤碗被打翻在地上,在地上晃晃悠悠地打着转,"哐哐"的声音在整座殿内回响。

一只手轻轻地搭在了他的肩膀上,用力往下按了按,那只手的主任安抚道:"别怕。"

萧枕回过头,苏悦对他露出一个安心的笑容。

她站起身,挡在萧枕面前,对着外面进来的不速之客一笑:"怎么,我这儿的饭这么好吃,陈大人也闻着味儿过来了?要不要给你加一双筷子?"

陈太尉看着她,冷笑。

她嘴角勾了勾,对着身后呆愣的小宫娥吩咐道:"没听到我的话吗?给陈大人看座。"

小宫娥哆哆嗦嗦地拉开一张椅子:"大……大人,请……请……"

她看着满屋子雪亮的刀剑,吓得话都说不流畅。

"怀明公主,事到如今,不必再装神弄鬼了吧?"

"大人真有意思,我们夫妻吃饭的点儿,你不打一声招呼就闯进来,我没怪你,还好心给你面子,现在你倒责怪上我了?我是真不明白,你究竟在说什么?"

萧枕在她背后,看着她因为紧张而用力收紧的掌心。

苏悦面上笑得风轻云淡,实际上心里怕得要死。

现在陈太尉忽然带兵闯进来,她是真的不明白到底发生了什么。

陈太尉朗声道:"怀明公主与宁王勾结,支持宁王反叛,本官捉拿敌国奸细,清理君侧,有什么问题吗?"

"说我勾结,你有什么证据?"

陈太尉冷笑道:"交出虎符,本官保证,你还是这梁宫中最尊贵的皇后娘娘。"

虎符?

苏悦心中一惊。

那玩意儿不是晋公主放消息出来唬人保命的吗?他们从哪儿搞到的消息,怎么连她这个当事人都不清楚?

她心中一阵慌乱。

陈太尉似乎看出了她的不安。他走过去,在方才小宫娥拉开的椅子上坐了下来。

"公主慢慢想,本官不急。"

苏悦见他明摆着是打算跟她死磕了,心下暗道不好。

这老头子十分狡猾,如果随意编造,一定会被他识破,搞不好小命都会交待在这里。

不如虚张声势,说实话?

于是,她冷笑一声:"大人自诩聪明,实则愚蠢至极。"

"公主这是虚张声势?"

"我如果真的把东西给了宁王,会傻到留在这里,等着你来抓我吗?"

陈太尉抬眼睨着她,觉得她神情不似作伪。

"你如果现在让你的人滚出去,我倒还可以考虑告诉你虎符的位置,但如果你不这么做的话……"

苏悦俯身捡起掉落在地上的汤碗,微微一笑,狠狠掷到地上!

"哗!"散落了一地的碎瓷。

萧枕似乎意识到了她要做什么,出声道:"疯女人你……"

苏悦将一块碎瓷片比在自己的喉咙上,退后了好几步,咬着牙往里面扎了一寸。

剧痛的触感,令她眼前一阵发黑,汩汩的鲜血流了下来,她苍白着一张脸冷笑道:"我今天要是死在这里,我保证,苏恒的怒火会配合宁王,把这里踏平。"

晋帝苏恒有多爱这个姐姐,早就是两国公知的秘密。

如果怀明今天死了,苏恒怕是会直接疯狂。

眼下宁王屯兵两国边境余晖城,里应外合之下,根本不需要什么公主虎符,就能一路打进梁国首都。

糊涂!糊涂了啊!

陈太尉终于意识到了问题的严重性,他换了副和气的面孔,缓声道:"公主殿下,请先把瓷片放下。"

苏悦却不依,厉声道:"出去!"

陈太尉连连点头,对着身后的御林军吩咐道:"都没听见吗?还不快滚出去!"

屋子里的人一下子散了大半，只剩下对峙的三人以及缩在墙角，瑟瑟发抖的宫人们。

"公主，现在可以放下了吧？"

苏悦一松劲，放下手中的瓷片。

下一秒，萧枕就抱住了她，焦急道："疯女人！你没事吧！"说着，抓着她的手就要看伤势。

"我没事。"

苏悦摆摆手示意他不用担心。

她转头，对着陈太尉道："我可以给你做人质，我保证，我在你的手上，苏恒不敢打进来。但前提是，你必须保证我……还有陛下的安全。"

萧枕握住她的手，微微一紧。

这女人怕是真的疯了，死到临头了，居然还想着要……保护他？

苏悦这次发出的，是一个谈判的信号。

当然，也是一个拖延时间的信号。

陈太尉不傻，他望着对面狠狈的女人道："殿下这拖延时间的招数，是不是用得太明显了？"

"陈公说笑了，如今你的人围在外面，我即便是插翅也难飞了。"

陈太尉阴恻恻地一笑："别人我相信，但你可是怀明公主啊。"

苏悦大方一笑，承认道："是啊，我是在拖延时间，但你还有别的选择吗？陈大人，你敢杀我吗？"

她知道现在的情况，陈太尉杀了她除了给自己拉来苏恒的滔天怒火之外,没有任何的意义。

相反,留着她才有用。

一来,牵制苏恒;二来,只有她活着,陈太尉才有得到虎符的希望。

陈太尉的嘴唇有些轻微抽动。

估计是被她气得不轻,一个混了大半辈子的老狐狸,现在被一个年轻姑娘整得进退两难,想想都觉得要怀疑人生了。

他重重地哼了一声。

"成交!"

清辉殿内外被重兵重重围住,别说是人了,就是一只苍蝇也飞不出去。

与此同时,陈太尉对外宣布,说是陛下染病抱恙,皇后娘娘正在殿内照顾他,故而双双闭门不见。

如今宁王反叛离京,整个朝廷,几乎成了陈太尉的一言堂,那自然是他说什么就是什么。

但凡有人唱反调,直接打入大牢。

朝野上下,越发噤若寒蝉,无人敢出声置喙。

"你知道权力最大的弊病是什么吗?"萧枕负手站在床边,冷声问道。

黑衣人垂下头:"请陛下赐教。"

"是眼盲，目空一切的眼盲。"

黑衣人想起近来种种，附和道："陛下英明。"

太尉陈子文，现如今已经站在了为人臣子所能坐到的最高的位置，真正的一人之下万人之上。

哦，不对，其实他和皇帝之间，已经只差一个名头了。

萧枕步步示弱，一次又一次，将他的野心越喂越大，让他逐渐生出不切实际的幻想——

其实，没有人规定过，只有萧氏子孙，才可为梁国之王吧？

萧枕淡淡一笑："你且看着，不出三日，他便要向我来讨要九锡之礼了。"

"陛下有旨——"

陈太尉与他的党羽们象征性地跪在地上，接下这道梦寐以求的圣旨。

那是他昨日在清辉殿中，钳制着萧枕不甘的手，强行盖下的印章。

"陛下，你就在这殿内好好做你的九五之尊，其余的事情，交给老臣来替你操心就行了。"

那个皇帝看上去是那么的无能，只会哆哆嗦嗦地缩在女人的身后。

"那……就全仰仗陈公了。"

……

"汉书有云，礼有九锡：'一曰车马，二曰衣服，三曰乐县，四曰朱户，五曰纳陛，六曰虎贲，七曰弓矢，八曰斧钺，九曰秬鬯。'上公九命，今朕以此遗卿，望尔仁德恩威，承天诰地，不负朕之所托。如此，圣心可慰。"

看看，这个无能之主的言辞是如此的谦卑。

陈太尉一笑，叩首："臣——领旨。"

"树不要皮，必死无疑；人不要皮，天下无敌。"苏悦听着萧枕给她翻译的那道糟心的圣旨，吐槽道。

小可怜缩在床头，似乎很是自闭。

"是朕无用，让你受苦了。"

苏悦叹了口气，不顾萧枕错愕的目光，伸手抱住了他，把头靠在他的肩上。

"别这么说，你已经尽力了。"

那天陈太尉闯进来，威胁萧枕赐他九锡，明目张胆地做着想要改朝换代的美梦。

一边要旨，一边用言辞侮辱萧枕。

他骂萧枕是个天生异瞳的妖孽，说萧枕如果不是一条乖顺的狗，知道对着主人摇摇尾巴，他早就送萧枕见阎王去了。

萧枕苍白着一张脸，一言不发地坐在位置上，脸上带着几丝难堪，五指并拢，暗暗发力。

苏悦听不下去，冷笑一声就想站出来回怼。结果，被一只手拉住了。

她回过头，发现是萧枕。

萧枕的眸中，带着些她从未见过的温柔神色。他慢慢地站起来，把她拉到了身后。

"喂，疯女人，"他轻声道，"这种出头的事情，你抢一次也就算了。再抢第二次，朕这个夫君还当不当了？"

苏悦无奈："都什么时候了，你还……"

"嘘。"他两指一伸，又捏住了她的嘴。

苏悦气急，拿眼睛瞪他，却在他说出下一句时，噤了声。

"以后这种事，朕来就好，你只需要站在朕的身后就行。

"你不需要这么坚强，软弱一些也无妨。

"因为，你还有朕。"

掌心上传来温暖的触感，有人伸手握住了她的手掌。

那么温柔，那么坚定。

她看着面前人的背影，心神巨震。

从小到大，她所经历的一切都告诉她，出了事，天塌下来也得自己扛着。

这还是第一次有人告诉她，她也可以软弱。

那个人的背影有一丝丝的摇晃，他明明也那么害怕，可他还是愿意站出来，帮她挡住身前的风雨。

她动了动手指，悄悄探入了萧枕五指的指缝中。

与他十指相扣。

"女玩家动心了吧?"

"实名悲惨。"

……

主办方翻着屏幕上滚动的观众评论,难得有些心疼参加游戏的小姑娘。

虽然所有游戏直播画面都只能通过玩家的视角投影呈现,但是,围观的人站在旁观者的角度上,总是能够很轻易地看到玩家注意不到的地方。

梁帝应该是又坑了女玩家一次。

看着屏幕上还在想办法保护那个装傻的家伙的小姑娘,主办方摇了摇头。

"主任,咱们到时候,最后那个问题还问吗?"小员工回过头来望着他,"如果在知道被骗之后,又去做那样的选择,这小姑娘会崩溃的吧?"

主办方深吸一口气,硬下了心肠。

"问!不问的话,咱们办这个游戏还有什么意义?她要是真能扛到最后,把最后的选择一抛出来,收视率一定大涨,赚得盆满钵满!"

"可是……"

小员工看着屏幕前,正在努力将字条塞到鱼腹中的少女,一时无言。

"这样应该看不出来了。"

淋着酱汁的滚烫的糖醋鱼,散发着鲜香的热气,令人食指大动。

苏悦却一口没动,她正努力地将一张极小的绢条,顺着鱼嘴塞进鱼腹中,两只手烫得不住地嘶气。

"殿下……还是奴婢来吧?"小宫娥看了眼门外走动的人影,小声说。

现下,无论是清辉殿还是暖阁,每日每夜都有成队的侍卫把守着,任何人都没有溜出去的机会。

但是,每日各宫的剩饭剩菜都会送到刑房所在的小院,倒入内廷的泔水桶中。

她摇了摇头:"你要是出去时手上沾了鱼腥味,他们肯定会闻出来,还是我自己来吧。"

绢条终于全部被塞了进去。

她用眼神示意小宫娥,给她拿擦手的东西来。小宫娥会意,点了点头。

擦好了手,她在心中默念道:"一,二,三……"

"哗啦啦——"

门外的守卫闻声冲进来,就看见地上碎了一地的盘子。

小宫娥"扑通"一声跪在地上,高声道:"娘娘恕罪!"

守卫问道:"请问娘娘,这是怎么一回事?"

苏悦冷冷道:"这鱼烧得不合我胃口,我让这丫头去换,她却说我不识好歹。可笑,陈大人是要你们这么照顾我的吗?"

守卫见她震怒,赶紧狠狠地甩了小宫娥一巴掌,将她抽倒在地。

"娘娘饶命——"小宫娥佯装害怕,跪在地上哭喊道。

苏悦在心中暗暗念着"抱歉"。

"哭什么?"她厉声道,"还不收拾干净了赶紧滚!"

"是……是……"

小宫娥唯唯诺诺的,将地上打翻的残羹冷炙收拾干净。

当然,也包括那条塞有密信的鱼。

苏悦看着小宫娥对着自己欠了欠身。

当小宫娥端着托盘抬起头的时候,她从小丫头的眼神中,读出了让她放心的意思。

小宫娥在守卫的监视下退出了房间,苏悦的心也高高地悬了起来。

那丫头到底能不能把信件准确地送到刑房,让秦未醒看见呢?

"十万火急!去见宁王,你知道该怎么做。救我,你会得到你想要的……这个小骗子,信口开河……"萧枕望着字条,淡淡一笑,"你如何知道,朕想要的是什么呢?"

送信人摘下黑色的兜帽,底下露出了小宫娥平静的脸。

她对着萧枕深深地行了一礼:"回陛下,这确实是娘娘所写。"

"很好,这段日子辛苦你了。"他挥了挥手,"下去吧。"

黑衣人从阴影中走出，淡淡道："我送你回上面。"

　　小宫娥毫不意外地点点头："嗯，这次也麻烦你了。"

　　不远处，是无归城的入城河岸，一艘渡船静悄悄地停在岸边，等待着有人上来。

　　半日之前。

　　小宫娥从守卫的眼皮子底下逃了出来，却没有按照跟苏悦的约定，去往刑房所在的小院，而是偷偷将字条抠了出来，暗自藏好。

　　酉时，她隔着窗子看了眼还在里面焦急等候的苏悦，借着送汤的名义，推门进入了清辉殿。

　　殿内空无一人，门外的守卫大概是觉得没有人能逃出去，所以并没有推门进来的意思。

　　内有数十架宫灯，灯火迎风摇曳。

　　她顺着进门的第一架，自右边正数至十，伸手扭动灯架。

　　"咔嗒……"

　　龙床背后的石壁上，悄悄裂开了一条半身宽的小缝。

　　她走了过去，半侧着身子挤进去。

　　背后的缝隙应势而合。

　　眼前是一条黑暗幽深的狭长楼梯，通向深不见底的地下，隐隐的，还能听到地底暗河涌动时，拍打岸边的阵阵水声……

　　"怎么样？东西送到了吗？"

看着小宫娥从外面回来，苏悦压低声音问道。

小宫娥点了点头："您放心吧，我已经带到那个小院里了。"

"那就好。"苏悦的心放下了一半。

字条上的信，她觉得以秦未醒那个心机男的心眼，一定会照做。

带信给宁王，让他和苏恒联合起来，帮助京城解围。虽然秦未醒什么都得不到，却能让一切回归原点。

各方势力继续相互制衡，任何一个平衡点都不会被打破。

接下来的皇位怎么撕，大家三兄弟各凭本事，总之，不能便宜了陈太尉这个外人。

这个，才是秦未醒想要的。

"你究竟想要什么？"苏悦看着面前不请自来的人，冷冷道。

秦未醒淡淡一笑："你啊。"

苏悦挑了挑眉："我的丈夫就在隔壁，我现在要是喊一声的话，你会被他活剥了的。"

"萧枕软弱无能，他不敢这么……"

秦未醒一愣。

苏悦忽然直直地撞入他怀里。下一秒，他的嘴角掀了掀。

因为，他察觉到，有什么坚硬的东西，正隐隐抵在他胸口处。

他笑了笑："我说萧枕坏话，你就这么生气？"

苏悦手中的簪子用了用力，极其冷淡地看着他。

"真抱歉，我家小可怜只有我能说他的不是，旁的人要是多一句嘴，就得先小心一下自己的舌头。"

"是吗……"秦未醒轻笑，低下头凝视着苏悦的眼睛，缓声道，"难道……你对他动心了？"

"啊——名场面！名场面！"

直播间外的女观众们发出阵阵惊呼。

"这个直播节目真的比电视剧还精彩！告白了吧？告白了吧？这下梁帝应该知道女玩家的心意了吧？他俩会在一起吗？"

"应该会的吧？"

……

"现在的热搜是……正月情侣甜？"主办方看了眼手机，哂笑一声，"还给他们取了个名字啊？"

"您不知道啊？都取了好几天了。"小员工道。

"甜什么啊？"主办方嗤笑一声，一语道破真相，"现在离直播结束只剩一个月了。"

直播一旦结束，所有因为违背时空秩序所产生的事件以及情感，就会全部回归原点。

没有谁能打败时间，神都不能。

"对啊，我动心了。"苏悦拿眼睛睨着秦未醒，"所以，烦请你现在放开，我可是有夫之妇。"

直播间外一片欢腾，秦未醒眼底闪过一丝震惊。

他不动声色地放开苏悦，带着些探寻地望着她："你不爱权势如日中天的宁王，也不爱武功高强的我，却喜欢上一无是处的萧枕？"

"我好像提醒过你，不要说他坏话吧？"

他认真地望着她，好像想在她的身上看出个洞："小骗子，告诉我，为什么？"

他想过苏悦会因为同情帮助萧枕，会因为若有似无的保护与示好对其产生一定的好感。

但他没想到，对秦未醒不动心的苏悦，居然真的会爱上萧枕——那个伪装出来的、一无是处的男人。

他是该说她聪明，还是该哂她愚蠢呢？

"一个人有一百两金子，却只肯给我十两；另一个人虽然只有十文钱，却愿意把它们全部拿出来，和我一起分享。你说，我在谁眼里更重要呢？"

听完苏悦的回答，秦未醒轻轻一笑。

"我想，我更愿意选择那十两黄金。毕竟，无论如何，金子总是比铜板珍贵。"

"所以我们不是一个世界的人，那还谈个鬼啊？"

苏悦伸手，对他比了个"请"的手势，示意他可以好走不送了。

"若有一日，你发现萧枕也是骗你的呢？"

"我自己也骗了不少人，一报还一报，我不生气。"苏悦抬头看着他，眼神真挚，"不过，如果他做得太过分的话，我或许会原谅他，但也有可能再也不理他了。"

"好吧,你就继续犯你的傻,"秦未醒似乎叹了口气,像是在感慨她的冥顽不灵,"我会让人去通知宁王。"

"多谢。"

秦未醒眼眸微沉:"小骗子,希望你将来,不要为今日的选择而后悔。"

从隔壁暖阁潜回之后,萧枕就一直坐在位置上一言不发。

黑衣人知道,陛下是有心事。

"一百两金子和十文钱,如果是你,你会选哪个?"萧枕忽然发声。

黑衣人恭敬道:"娘娘的意思大概是,东西多少并不重要,重要的是,赠予她东西的人。"

萧枕垂眸,凝视着桌上的汤碗。

得知他常年服毒,体魄有亏之后,清辉殿内夜间就再没断过汤水。隔壁的暖阁内,日日都能闻见苏悦鼓捣各种奇怪药膳的味道。

"公主做了,皇后也当了,现在还想要朕的心,"萧枕笑了笑,神色间有些许疲倦,"你说,这个小骗子想要骗的东西,是不是太多了一点?"

黑衣人答道:"那大概就要看,陛下还愿不愿意给了。"

·第八章·

镜花水月

镜中观花虚澄澈,梦外人间一罡风。

"疯女人,想不想去屋顶看星星?"

苏悦抱着个汤婆子,瞄了眼屋外呼呼作响的寒风,坚定地摇了摇头。

"不去,冷死了。"

萧枕披着件大氅,坐在她对面:"哪儿冷了,这天还没下雪呢。"

她睨了眼萧枕脚边的火盆。

"有本事,你别往热的地方缩啊?"

小可怜显然很不高兴:"你这女人,为什么总是这么不解风情?"

苏悦白了他一眼:"真抱歉啊,我怕冷,这个天看星星我真想不到半点浪漫,只能想到冻死街头。"

她说的其实是实话。

小时候她其实经常铺着个席子睡在大街上。

夏天的时候，是因为搭的小棚子里没有空调也没有电扇，闷得慌；冬天是因为棚里漏风，屋顶敞开着和露天也没什么两样。

一年四季看星星，鬼会对它感兴趣。

然而，小可怜任性起来完全不讲道理。

"你不想，那朕想。你陪朕去！"

那臭小子叉着腰，笑得一脸欠打。

苏悦猛烈地摇头，用全身的力气表达着自己的抗拒。

小可怜忽然气势弱了下去。

"一个人去……太孤独了。"

她摇头的趋势一缓。

"疯女人你知道吗？"萧枕似乎被触及了心事，眉宇间都带着几分真情流露，"朕从出生起，就一直是一个人。"

幼年时因为异瞳无人愿靠近，少年时独自被流放边地，如今困在这偌大的清辉殿中。

他自己都有些恍惚，现在到底是在演戏，还是……

"如果说这世上真的有什么事情能令朕感到恐惧，"他笑了笑，"大概就是一个人孤独地死在这殿……"

手背上忽然传来一些暖意，未出口的话，忽然再也说不出来。

他怔怔地回过头。

身后，是少女明媚如春花般的笑靥。

她说——

"你不会的。

"以后,有我陪着你。

"你绝对不会,一个人孤独地死在这里。"

萧枕的眸子从最初的错愕逐渐转深。

死寂的心忽然剧烈地跳动起来,震荡心神,他只能望见面前的少女一张一合的嘴。

她在说什么呢?

为什么听不见了?

是心跳声太……大了吗?

"所以说……唔?"

没说完的话被截断在两相贴合的唇齿间,她的眼前忽然天旋地转。

"啪!"手腕被扣住,步伐凌乱,几步就被人推至墙边。

面前人的眸子里因为情动,仿佛染上了一层暗金色。

苏悦一脸的错愕:"你?"

"别说话……"

似乎是察觉到了她的挣扎,两唇微分,萧枕的气息有些急了,但声音却依旧温柔。

他伸出指腹,轻轻地抹去她嘴角花掉的口脂,暧昧地一舔指尖,舌尖上溢满了这甜蜜的滋味。

而后,顺着她微张的唇缝,覆了上去——

"现在，朕想吻你。"

萧枕让人在下面搭起了长长的梯子，一直通到屋顶。

总之，只要他们不离开清辉殿，陈太尉的命令是，一切要求都可以满足。

宫人们准备了些瓜果点心，放在吊篮里，着人拉上去，摆在了屋顶的台子上。

屋顶的冷风，吹得人的鸡皮疙瘩格外耸立分明。

苏悦抱着自己的胳膊，望着谈笑自若的萧枕瑟瑟发抖："你其实是跟我有仇吧？上面比下面还冷！"

"谁说的？"

萧枕对着她笑，然后伸出手一用力，就把她拉到自己的大氅里，从背后整个包裹住。

"朕抱着你，你就不冷了啊。"他的身子靠近了一些，在她的耳边暧昧地吹着气。

苏悦闭上了眼睛，不想去看那家伙套路得逞的样子。

她开始反省是不是自己太过于老司机了，所以才把单纯无害的小可怜给教坏了。

"喂，疯女人，你生辰是什么时候啊？"萧枕心满意足地抱着她问道。

"啊？"苏悦愣了一下，一时没有反应过来。

"礼部当初送去合的生辰八字，说你是桂月里生的，但朕看你那会儿也没有过生辰的意思,那是你真正的生辰吗?"

面对萧枕的质疑,苏悦倒是回得坦然:"不是啊,我自己也不知道我自己是哪一天生的。"

萧枕的语气听上去有些遗憾:"本来还想着,送你一份生辰贺礼……"

苏悦不在意地摆摆手:"我不在意这个,你要是有心的话,什么时候想起来,随便意思一下就行了。"

萧枕捉住她那只乱晃的手,放到自己嘴边哈了口热气。

苏悦又想起方才两人之间那个缠绵至极的吻,一下子满脸爆红:"你干吗!"

那只手被他硬生生地塞回了自己怀中的大氅里。

"别乱动!外面冷!"

一日之前。

"朕想送她一份生辰贺礼。"

"但是,苏姑娘大概没有生辰。"黑衣人道。

会被用来作为晋公主的代替品,只能是出身晋国皇室的死士或是细作。

这些人,大多是幼年就入了皇室接受训练,选的都是些走投无路、活不下去的孤儿。

"既然她想要朕的心,作为一直以来利用她的补偿,朕就圆了她这个梦吧。"

萧枕淡淡一笑，似乎是对自己的处理结果感到十分满意。

甚至心底……还隐隐有一丝期待？

黑衣人在心底暗暗摇头。

陛下，您确定，苏姑娘真的想要这份礼物吗？

与此同时，晋国皇宫。

"宁王此行，是来送死的吗？"

苏恒高坐在主位之上，撑着头看着下面站着的男人，面色有些不善。

宁王和萧枕在梁国内抢他阿姊抢得热火朝天的消息，他可没有少听。真心尚且令他不悦，更何况都是虚情假意。

宁王似乎察觉到了苏恒的不喜，微微一笑："晋帝陛下，似乎不太欢迎本王？陛下可别忘了，山道之上，本王好像还救过陛下一命。"

苏恒眼眸微抬，似乎就要发难，却被一只手按住了肩膀。

他转过头，旁边的聂铮对着他摇了摇头。

"陛下，大局为重。"

苏恒压住心中的不快，问道："说吧，见朕何事？"

宁王躬身："奉我大梁皇帝之命，求晋帝一同发兵，解我皇城之围。"

苏恒一挑眉，眼里全是嘲讽："你们梁国自去狗咬狗，与我何干？"

他一副作壁上观的样子,完全没有要帮忙的意思,宁王却完全不紧张。

他笑了笑:"陛下莫不是忘了,怀明公主也在梁都。"

"哐!"

苏恒握拳用力地捶了一下桌子,怒道:"萧珙你混账!你居然敢拿阿姊来威胁朕!"

宁王不咸不淡地回道:"晋帝陛下,本王只是在陈述事实。"

苏恒强压住心头的怒火,平息了许久,才开口道:"你说。"

宁王躬身笑道:"多谢陛下。"

"萧珙走了吗?"

聂铮进来的时候,苏恒正在揉着自己的眉心,似乎刚才与宁王的对峙,已经耗掉了他大半的精力。

"回陛下,臣已将人安全送上了官道。派了几个小队跟着,出不了什么乱子。"

"若不是阿姊交代,"苏恒的眼中隐藏着浓浓的戾气,"朕真恨不得手刃了这两个狼子野心的畜生!"

聂铮颔首:"只要陛下依公主所言,忍过这一时,日后有的是机会。"

苏恒点点头:"阿姊一向料事在先。"

怀明公主和亲之前,曾交代聂铮:他日若是梁国求兵增援,无论如何,都要答应他们一道出兵。

"我们为何要帮助梁国？"当日，聂铮不解地问道。

染着口脂的女人缓缓回眸，望着他道："你以为，余晖城一战，本宫不会让他们付出代价吗？"

聂铮仍是疑惑。

女人眉梢微微上挑，红唇一勾，流露出些许妖冶的美。

"他们不是都想要虎符吗？好啊，那本宫就满足他们。萧玦兵临梁都之日，就是余晖城血仇相报之时。"

七日后，地底无归城。

"宁王回报，苏恒已经答应合作。边境狼烟一起，晋国便即刻发兵，配合拖住沿线各州镇的主要兵力。"

萧枕点了点头："很好。"

"但是陛下，此举过于冒险。自家吵架，却让外人插手处理，难保外人不会起些什么别的心思。"

萧枕淡淡一笑："苏恒打的什么主意，你以为朕没有想到吗？"

黑衣人低头："请陛下赐教。"

萧枕走下石阶，踱步至大厅内的沙盘旁。

小小的沙盘之上，梁、晋两国各处的水陆交通、兵力炮台，全部标注在上。

他伸出手指，在梁都的附近点了几下，示意黑衣人看。

"如此，可保苏恒的队伍深入到京畿外二百里处，便再也攻不进去。他此行，注定只能为我们白做嫁衣！"

黑衣人默然。

"陛下，如此大战，必然折损国力。伤敌一万，自损八千。不过是为了收拾一个外戚，付此代价，是否过重了一些？"

"你以为，朕做这些，只是为了惩罚一个小小的陈子文吗？"

萧枕负手，望着远处那激流涌动的地下暗河，声线清朗如松——

"大梁之劫，于外，兵马凋敝；于内，冗官苛税。人力所致，非天所灭，置之死地而后生。"

史载：

梁国国纪一百三十七年腊月初三，宁王萧玦于梁、晋边陲余晖城正式起兵反叛，向京开拔。晋帝恒发兵两万，攻打梁国南境。

同日，湖广、淮南、上皖三郡归顺宁王。

次日，帝枕被迫宣战于京。

史称"中兴之役"。

"毒蛇兄终于还是打过来了。"

苏悦坐在桌子边，边嗑瓜子边听萧枕人肉播报桌上的战报，纯当听评书解闷，边听，还要边发表评论。

这些战报都是前几天陈太尉过来向萧枕讨要虎符的时候带来的。那个老蛆虫在南境吃了败仗，被苏恒的两万精兵揍得连妈都不认得。

自己的军队耗得差不多了，就来打皇家直属部队的主意。

"陛下，老臣可是为了保护你，把自己大半辈子的家底都赔进去了,你再不交出北境的半块虎符给老臣,似乎有些说不过去吧?"

那年老体衰的眼中,充满了混浊的贪婪与欲望。

苏悦夺过萧枕即将交出去的半块虎符。

这种时候,就算是处于下风,也必须在面子上先扳回一城。

"陈公厉害,当年的柱国大将军,现在被一个十几岁的孩子教训得满地找牙,还真是大快人心啊!"

陈太尉被她气得说不出话,又暂时不敢拿她怎样,只能冷哼一声。

"怀明公主,你还是别高兴得太早。老臣是不敢拿你怎么样,不过,陛下的安危如何,老臣可就保证不了了。"

听到他如此直白的回复,苏悦叹了口气。

"陈公啊陈公,怎么就这点野心,你都摆明面上了呢?你这样,我们这天聊得真的很尴尬啊。"

陈太尉劈手夺过虎符,神情狠辣:"北境一战,老夫必会让苏恒后悔蹚这浑水!"

"呵呵,他不把裤子都输掉就不错了。"苏悦看着愁容满面的萧枕,安慰般地招呼他一起来嗑瓜子。

萧枕嫌弃地拒绝了她。

"你还是留着自己吃吧。"

苏悦摇了摇头,惋惜道:"瓜子都不嗑,你的人生究竟还有什么乐趣?"

她自嗨了半天,发现萧枕是真的有点丧,这才舔了舔自己沾了盐的爪子,一巴掌拍到了他胸口上。

"你慌什么!"

萧枕看着胸前衣服上的口水印,拿眼睛瞪着她。

"瞪什么瞪?你眼珠子都快要脱眶了。"

苏悦嘴上这么说,却还是讪讪地收回了手。

小可怜这个小傻子,还真是难得认清楚了一次形势。

终于知道了在毒蛇兄长和凶残老头之间,还是兄长更可爱一些。

虽然陈太尉一直自诩南境才是他的主营地盘,但是谁都知道,南境靠近梁、晋边陲,又全是平原地形,在那里与更熟悉平原作战的晋军主力硬碰硬,绝对是磕出一身血的结局。

相反,靠近梁都的北境,才是真正重要的战场。

梁国建都,倚靠关隘山险,易守难攻,地形复杂,适合与敌人长期周旋。

相比一直处在南方安逸地带的晋人,梁人天生就是马背上打架的好手,擅骑擅射。只要放他们入了山,那么整片山地任何一处,都有可能是他们的埋伏圈。

这样看,好像陈太尉是占了上风的。

大概,他自己也是这么觉得的吧?

"你看哈,"苏悦笑眯眯地用手在战报上点了点,"刚刚你给我念的是,腊月初十,与宁王轻骑兵三百在煤山相遇,七日伏击五次,大胜,宁王退兵煤山。"

萧枕疑惑道:"这里是皇兄惨败啊,你在高兴什么?"

看他一脸呆萌地望着自己,苏悦简直想拿巴掌抽他脑袋把他呼醒。

"听好了,我们在战场上布阵,一般重型步兵在前,后面是弓箭手,主力是重甲骑兵,轻骑兵放在最后打扫战场,对不对?"

萧枕惊讶道:"你还知道这个?"

苏悦撇了撇嘴,指着架子上的书:"我白天闲着没事,就看那上面的东西啊。"

"你不是不识字吗?"萧枕的眸中全是诧异,一下子连做戏都忘了。

苏悦从架子上抽下一本书,把那制书人为了方便理解,附在旁边的示意图摊到他面前:"我看图啊。"

萧枕扬了扬眉:"你还挺有天赋。"

苏悦正在解释的兴头上,所以没有察觉到他看自己目光的变化,难得得意了一把:"那当然了,我是谁!"

萧枕压下心中的情绪,装作不服气的样子:"即便你懂些皮毛,那又如何呢?你倒说说,这封战报究竟有什么问题?"

"煤山的位置离京城不远,在这种位置碰见轻骑兵,说明宁王已经打到了京城不远的地方了。煤山兵力我不知道,但是在这个位置上,人肯定不少。这么多人,对付区区三百人却拖了整整七天,说明陈子文内部肯定不怎么和谐。不能说是各怀鬼胎,但起码是因为分配不均心里不平衡起来了……"

听着她从一封十几字的战报中分析出这么多东西,萧枕的眸子渐渐亮了起来。

本以为这个小骗子只是有些小聪明,没想到她居然真的有些天赋。

地下无归城内,这些天前线宁王的军报一封接着一封,确实主力已过煤山,不日就将抵达京城。

"我看啊,这毒蛇兄完全就是想拖死那个姓陈的。"苏悦道,"同样的,陈老头呢,也迟早还会来发难——等到宁王真的打到家门口来的时候。"

造反这种事呢,必然是由一群想着踩别人下去自己捞好处的人一同来干的。

苦力恨不得都让人家去做,自己跟在后面捡漏捡封赏。

因为利益聚拢在一起的人,最熬不过的就是时间了。时间一长,心立刻就不齐了。

以前小的时候在天桥听老人家讲三国,浩浩荡荡的关东军讨董,最后还不是因一块真假不明的传国玺直接内讧到凉凉了。

"喂,疯女人。"萧枕忽然出声叫了她一句。

"啊?"苏悦猛地回神。

"以后,朕教你认字吧?"

萧枕的表情看上去难得认真,眉目间少了些往日的张狂,浅褐的眼眸中似乎燃着些什么异样的火花。

苏悦不明所以地点了点头。

"你要是愿意的话,我是没什么意见啊。"

从那天起,清辉殿内的宫人们便发现,帝后两人的角色似乎调转了。

以往总是皇后娘娘成日像看孩子似的看着陛下,而现在……

萧枕拿着苏悦刚刚临摹好的字帖,看了半晌,眉毛都快挑飞了:"疯女人……你老实告诉朕,你这字是用手写出来的吗?朕拿脚写出来的都比这强。"

苏悦:"你有本事拿脚写一个给我看啊!"

虽然老师态度又高傲又差,但是苏悦学得相当认真。

她本来以为,萧枕会像电视上演的那些老师傅一样,教她读些什么"关关雎鸠,在河之洲"之类的酸诗。

结果她提出这个问题的时候,对方的白眼翻得比她还大——

"学那种东西有什么用?让你去宴会上给人家弹琴唱曲吗?"

苏悦听出了这家伙嘴里的嘲讽,磨了磨后槽牙,在萧枕的示范纸上提起笔,用力地画了一个大叉。

然后,她挑衅地转过头:"不好意思啊,萧夫子,手抖了一下,麻烦您重新临摹一张吧?"

萧枕看她那神气活现的样子,眯了眯双目,拿起放在一旁的笔,在她脸上画了一道更长的印子。

"抱歉啊,娘子,为夫也手抖了一下。"

苏悦气笑了,抬手就要拿笔去报复,被萧枕灵活地向后一躲,笑吟吟地望着她:"你手太慢了。"

"有本事你就站在原地别动！"

两个人在屋内闹成一团，看上去宛若一对真正相爱的璧人。

然而，只是看上去而已。

"你们说，梁帝一直这么演戏，会不会有一天演着演着就当真了呢？"有少女观众冒着星星眼，提出了这个童话般的想法。

"我觉得不大可能，"理智党分析道，"像这样不间断地精神分裂，应该早就变态了吧？"

"呃……什么意思？他看着挺正常，也很有逻辑，况且……"

"变态又不是疯子。"理智党在分析贴下默默回复，"丧失基本的情感的感知能力，也算是变态的一种啊。"

"丧失情感？"

"天天表演情感的人，久而久之会分不清哪些是自己的真实情感，哪些是表演出来的。换句话说，梁帝可能无法感知到——爱，这种情感。"

少女观众哀号一声。

"啊——那女玩家岂不是很惨？"

"陛下，属下觉得，苏姑娘委实可怜。"

为防太尉的人在他们看不到的地方暗中动些什么手脚，黑衣人每日都在清辉殿的梁上，默默替萧枕监视着殿内的一举一动。

同样，也包括了外人眼中每日甜蜜相处的帝后二人。

只不过，苏悦的快乐是真实的，萧枕的快乐是演出来的。

"会吗？"萧枕抬了抬眸，嘴角好似含着丝不以为意的笑，"朕倒看她……每日倒是过得都挺开心？"

黑衣人不语。

"今日练的字，朕看过了，进步很大，要不了几日，就可以教她沙盘演练了。她是个好苗子。不过，要怎么用萧枕的身份教她兵法呢？如何做才不会暴露，朕倒是真有些头疼……"

他难得有些絮絮叨叨的，话语里带着一丝不曾察觉的逃避。

您在逃避什么？还是不愿承认什么？

黑衣人低下了头。

"若是陛下愿意，可以口述于属下，由属下用笔记录下，到时候陛下只需要假借诸如幼年名师所传之类的借口搪塞过去即可。"

萧枕立刻点点头，展颜笑道："朕以为可行，那就按你说的办。"说完，他低下头，继续翻阅新送来的军报。

只不过，今晚的翻动声，委实有些，乱了。

自苏悦搬来清辉殿后，萧枕的日常就变得越发繁忙了。

或许是为了稳住她，不让她起疑，他再也不像从前那样，白天休息，夜晚遁入无归城内处理事务。

白天醒着的时间越来越多，只会偶尔挤出一些时间回到无归城。

据萧枕自己说，是因为一切即将落下帷幕，以后有的是休息的时间，剩下的这些日子里，能多做一些事，算一些事。

但是，黑衣人却觉得，不是这样的。

陛下的目光，总是若有似无地在苏姑娘的身上停留。

有时听她说话时，会不由自主地将头贴近她，眼睛里是他自己都不曾意识到的专注。

一如深不见底的深潭中，忽然闯入几尾灵动的锦鲤。

就好比，现在——

萧枕合上手中翻阅完毕的军报，面上浮起一丝淡淡的笑。

"那个小骗子，天生会惹麻烦，让她多学些东西，好过以后再被人骗。"

黑衣人心下一哂。

好像，把苏姑娘骗得最惨的，就是您吧？

一日，苏悦正在萧枕的"压迫"下努力学习所谓的"幼年名家兵法"。

她摸了摸自己一天掉得比一天多的头发，羡慕地看向萧枕："喂，你给我的这些东西，你自己肯定没学过吧？"

萧枕睨了她一眼："你怎么知道的？"

苏悦伸手摸向旁边的萧枕，在他不满的目光下，如愿以偿地撸上了"龙头"的毛。

"看发量就知道了好吧？你要真能把这些东西全学下来，早就秃顶了吧？就跟我似的，呜呜呜……"

说着，她还惨兮兮地捞起一把头发，示意萧枕看。

萧枕颔首，声音中难得带了些真情实感的得意。

他轻咳一声道："咳，那大概，只有你是这样吧……"

苏悦长叹一声："啊——所以我到底为什么要答应你学这些东西啊？"

"为了保护朕啊。"萧枕答得理直气壮，"是你之前说的，陈太尉迟早还会向我们发难的！"

"你倒是记得挺清。"

萧枕看着她笑道："疯女人，说话要算话啊。"

"什么？你是说，宁王已经打到京畿了？"

收到下属报来的消息，陈太尉气得差点没当场背过气去。

自宁王腊月初三宣布起兵至今，不过二十余日，就已经从边境一路攻破防线，直逼京城而来！

他一个堂堂的前柱国大将军，居然被两个小辈打得这么难看？！

"大人莫慌，即便宁王真的打过来了，我们也不怕了，陛下的手中，不是还剩下最后一块虎符吗？"

陈太尉凝神而思："你是说，京内以及京畿的护国军？"

护国军由整个大梁国内最精锐的部队组成，是三块虎符中唯一一块完整握在皇帝手中的虎符。

一旦国家的统治基石被撼动，护国军就会被动用，以血肉铸成整个王朝的最后一道防线。

"大人，是时候，让萧枕交出那最后一样东西了。"

换句话说,这个皇帝的利用价值,差不多到头了。

"奇怪……"

苏悦看着今天也是干亮着的电子屏,有些惊讶于它的平静。

自从她和萧枕大婚之后,这帮观众就好像真的在认真看一出古代言情剧似的,再也没有跳出什么使绊子的问题了。

她不知道的是,当观众得知萧枕从头到尾都是在对她演戏起,对她的同情就盖过了恶搞的心。

按照主办方的话来说就是,不用观众动手这小姑娘也会很惨了,干脆就在这剩下为数不多的日子里让她松口气,好好做个梦,迎接最后的打击吧。

不过,好在苏悦不知道这些。

她心底也有些庆幸观众们的安静,好像自己已经习惯了这样的日子——

每天除了嗑嗑瓜子翻翻书,就是和萧枕吵架拌嘴。

看着他临摹一张张的字帖,再在看完她的"涂鸦"大作之后,气急败坏地抓着她的手,一个字一个字地带着写。

那种被人真实照顾着的生活,就像是在沙漠中行走了许久的人,忽然碰见了一片可以称之为家的绿洲。

这是她过去的十几二十年的人生中,都不曾有过的感觉。

"砰!"

清辉殿的大门被人暴躁地推开,陈太尉大步流星地走了进来。

苏悦放下手中的笔,冷冷地看着他:"来了?"

"拿下!"

陈太尉一挥手,成队的御林军不由分说地冲上来,将她死死地按在桌边。

她抬起头,望向陈太尉踏入的,内室的方向,心中有一种预感。

这一次,她美好如幻梦一般的生活,是真的要结束了。

·第九章·

公主遗计

是为人棋子,如牲畜一般苟活着,还是摆脱束缚,遵从本心去抗争?

"不知陈公今日前来,又有何事?"

清辉殿正殿,萧枕冠冕齐备,高坐在宫阶的理政台之上,看着匆匆而入的陈太尉,淡淡一笑。

陈太尉原本轻蔑的视线,敛住了几分。

他觉得,今日的萧枕,似乎与往日大不相同。

往日那唯唯诺诺的样子,似乎一扫而空。今日的他,举手投足都显得那么从容不迫,就连那双天生的异瞳,也透着瘆人的压迫。

萧枕轻轻搁下手中刚刚翻阅完毕的文书,淡淡一笑:"陈公怎么不说话了?"

陈太尉眸色微闪:"老臣只是在想,陛下今日……"

"朕今日并没有什么不同。"萧枕缓缓抬眸,下一秒,他的视线仿佛凝成无形的刀剑,刺向了陈太尉。

陈太尉没想到,自己居然不自觉地打了个冷战。

"不同的是你,陈公,"他的眉间聚起浓重的讥讽与不屑,高高昂起的头,仿佛在瞧着一只蝼蚁,"你输了,而朕赢了。"

陈太尉一时间没明白他在说什么,却莫名有些心慌,思绪剧烈起伏,终于化为暴怒:"萧枕,你是不是疯了!宁王就要打过来了!你还不交出护国军的虎符是要等死吗?"

高台之上的萧枕垂着头,低低地笑着,渐渐地,他的冷笑声越来越大。

他注视着陈太尉,一字一顿道:"宁王反叛,仍是皇族。太尉掌权……这个天下,是要改姓为陈了吗?"

他字字有力,话语掷地有声!

陈太尉怒道:"原来……你们两兄弟,一早就串通好了!"

萧枕淡淡一笑:"陈公,护国军的虎符,你不如去护国军的军营找我皇兄要?如果你让人提着你的人头去,兴许他会怜悯你一下,把东西拿出来给你看一眼?"

陈太尉一怔:"护国军军营?你是说宁王在……"

"是啊,"萧枕含笑道,"你不会以为,他还在煤山那边跟你的大部队死磕吧?"

原来,打从宁王离京起,这一切就都是幌子。

陈太尉无论如何也想不明白,宁王在余晖城顶多不过七千兵马,究竟要如何突破重关，攻入京城？

难道要全权依仗苏恒的援军相助吗？

不，根本不需要。

他们需要夺取的，只是完完全全的京城控制权而已。

陈太尉总认为，宁王的势力在南境，手无法伸到京城来，自然也就调动不了护国军。

但他却没有想到，萧枕抛出联盟的橄榄枝时，递交出的第一道诚意，就是护国军的虎符。

"皇兄这下应该放心了吧？如此一来，京城屏障，尽在皇兄的掌握，朕的生死，也全凭皇兄一念之间了。"

宁王位于南境的湖广、淮南、上皖三郡势力，并没有作为主力攻打京城，而是南下，拦住了借机想要分一杯羹的苏恒军队。

陈太尉的眼睛全都聚焦在激烈的南境战场上。

宁王本人却带着几千轻骑兵绕道煤山，以虎符号令护国军在京畿放行，急速行军，直逼皇城，接手了皇城附近的全部护国军主力。

如此，苏恒的如意算盘落空，像个傻子一样，白白让人利用，充当了声东击西的诱饵。

这会儿大概不知道他是不是已经气得在营帐中摔东西了？

一拖一放，京城现在，已经落入宁王和护国军的重重包围之中了。

萧枕的嘴角露出一个嘲讽的笑："把护卫国家，效忠皇族的护国军，拿来充当谋反的筹码，朕真不知道是该说你妄想，还是该骂你愚蠢。"

陈太尉冷笑道:"老夫还说,宁王一开始对晋公主虎符的兴趣那么大,后来却不闻不问了,到底是为什么。"

"皇位都唾手可得了,要那块子虚乌有的虎符,又有什么意义呢?"萧枕朗声道。

陈太尉见他一副胜券在握的样子,暗道,幸好自己早有准备。

"陛下既然对晋公主的虎符没兴趣,"陈太尉看着面前的萧枕,笑得有些玩味,"那么,对晋公主本人呢?"

萧枕面上不动声色,眼神却一寸一寸地冷了下来。

"陈子文,你最好放聪明点,对她动手,莫说是朕,苏恒一定会先将你碎尸万段。"

望着萧枕越发冰冷的眼神,陈太尉的心中莫名涌起了一阵快感——

就像是狂妄的赌徒,看着自己的庄家阵脚大乱的时候,那一瞬间真实的垂死挣扎。

"陛下,"他用手比了个"请"的姿势,"宁王和苏恒老夫是打不过了,不过能拉上你和皇后娘娘一起陪葬,老夫还是觉得很值得的。"

"哐当——"

苏悦抬起头,看着又一个进来的狱友,意料之中地打了声招呼。

"欢迎啊,我就知道差不多这个点你该来陪我了。"

萧枕看着她那一副泰然自若的样子,垂眸无声一笑。

"喂，疯女人，朕算是知道，你之前那么多次被关，都是怎么熬过来的了。"

殿内一直暗中观察的黑衣人已经收到了萧枕的信号，返回无归城去做他该做的事情了。

而他，将会留在这里，将最后的谢幕演完。

"都已经被关了那么多次，自然是死猪不怕开水烫咯。"苏悦挑眉看着他，"倒是你，长这么大，没受过这种罪吧？"

萧枕没好气地道："你又不是没见过那个姓陈的虐待朕？"

苏悦点了点头："也是哦，好惨。"

"疯女人，你别以为朕没听出来你在幸灾乐祸！"

"别担心，"苏悦对着他笑着安慰道，"有我在，陈老头不敢把你怎么样的！"

萧枕的语气听上去有些不爽："不是有你在，是有你那两个老相好在吧？"

苏悦被噎了半晌，才憋出一句："一个是你哥，一个是我弟，萧枕你做个人吧！"

一只手卡住了她的下颌，强迫她抬头看向面前那张倏尔放大的脸。

萧枕把她抵在墙边，苏悦怔怔地看着那双磁石般的眼睛。

龙涎香的气息将她整个包裹起来，如同那人缓缓靠近的唇，令苏悦忍不住合上了双眼。

靠近的气息忽然一顿。

"那么朕于你，又是什么？"

他停在距离她不到一寸的地方，望着她闭上的眼睛，好整以暇地笑着。

喷涌的热气将她整个耳根都烤红了。

她怒道："你说呢？"

眼含秋水目含春，也许是因为早就情愫暗生，苏悦连口是心非的争辩都懒得做了，甚至隐隐存了些期待。

这样的欲说还休他要是再看不懂，就真的是个傻瓜了。

既然结局已经注定，那么为何不允许自己放纵一回？

什么都不必去考虑，什么都不用去深思，只遵从此时此刻的本能。

萧枕的喉间滚出一声低笑："好。"

下一刻，他的嘴唇就柔柔软软地贴了上去，在她的嘴角轻轻打了个转，流连半晌。

苏悦的神情因为震惊和羞涩而显得有些呆愣，唇齿微开，甜美的呢喃声从里面渐渐涌出……

浅褐色的眸中笑意渐深，他的神情专注而认真。

"原来，你心里真的有我。"

苏悦的神色忽地一僵。

……

"小骗子，你心里有我。"

她瞪大眼睛，熟悉的话语令她呼吸一窒，难以置信地望着他。

整颗心，如坠冰窟。

有什么东西，顺着厮磨的唇齿，悄悄地被推入了口中。

意乱情迷之际，她终于听到了耳畔那句带着潮湿的告白："玥儿，我心悦你。"

苏悦闭上了双眼。

是吗？

可是秦未醒，我不悦你。

怀中的少女呼吸平稳，似乎已经沉沉地睡了过去。

萧枕在她的眼睫上轻轻落下一吻，脱下身上的外衣盖在她裸露的肌肤上，双手环抱着她，靠在墙边坐了许久。

他的眼神中，是自己都不曾发觉的柔情。

天窗上传来了两声轻轻的敲击声，萧枕眼神中的温柔一下子消失殆尽。

"时间到了是吗？"平缓的声音在凝滞的空气中，显得越发清冷。

"是的，陛下，一切就绪。"

他伸出手，将少女的头轻轻地靠在干草上。

梦境结束了，一切都将归于现实。

萧枕用极强的内力，将天窗的铁栅栏拉开一道巨大的缝隙。

离开之前，他最后回过头，望了地上的少女一眼。

"抱歉。"

牢笼内归于平静。

头枕在干草上的苏悦慢慢地睁开眼睛,冷漠地吐出萧枕喂到她口中的迷药。

"原来……连你也在骗我。"

2078年,直播间内外一片死寂。

就连一向帮着观众一道给女玩家猛力挖坑的技术小哥,都被眼前的场景震惊到陷入了沉默。

女玩家静静地靠在墙壁上不说话,极其淡漠地望着外面因为发现皇帝不见了而跑动寻找着的狱卒。

"你们说,她会不会疯掉啊?"旁边的小员工弱弱地问道。

毕竟……两分钟前,她才刚刚经历完真实版的,拔那啥无情。

技术小哥望着屏幕许久,忽然开口道:"喂!你们看!她动了!"

屏幕上,苏悦起身,叫住了一个路过牢门的狱卒,冷冰冰地道:"慌什么,叫你们陈大人过来。"

一盏茶的时间后,陈太尉匆匆赶到了牢门口。

他的衣服有些散乱,似乎是刚从睡梦中被惊醒。

苏悦看着他,淡淡一笑:"陈公真是心大,死到临头了居然还睡得着觉,本公主佩服。"

陈太尉却不接她的话茬:"萧枕呢?"

苏悦松开了领口,露出了盖在衣服下的一抹纤白的脖颈。

"事实上,我也在找他。"

陈太尉的神色有些晦暗不明。

"公主这是在暗示老夫,你被他抛弃了吗?"

"是啊。"苏悦故作自嘲地笑了笑,"想我怀明聪明一世,居然糊涂了这么一时。"

她这话说得半真半假,但是眼里流露出的无奈,却是十二分的真实。

这样的难过,确实靠演是演不出来的。

陈太尉审视着她:"那么公主打算如何做呢?"

苏悦的嘴角微微扬起,露出一个玩味的笑。

"其实萧枕如何并不重要不是吗?重要的是我。我做你的人质,你保我的平安。至于萧枕……"

她的指尖微微用力,刺破了自己的掌心,麻木的触感却让她忘了疼。

"他的死活,与我何干?"

苏悦回到了清辉殿。

萧枕跑了之后,她和陈太尉达成了合作。

或许是觉得再关着她已经没有了任何的意义,也或许是觉得,需要有一个挂着虚名的象征,来稳住岌岌可危的局势。

她重新做回了皇后,在皇帝生死不明的情况下。

"娘娘,用膳了。"

小宫娥捧着托盘从外面走了进来,把吃的放到了她面前。

看着熟悉的小丫头，苏悦的心中忽然升起一股异样的感觉。她捏起筷子，望向小丫头："你老实告诉我，你是谁的人？"

小宫娥垂了垂眼眸："娘娘不是早就猜到了吗？"

"萧枕……人在哪里？"

小宫娥躬了躬身："抱歉，奴婢不能说。"

苏悦心头火起，她把筷子重重地往桌上一拍。

"萧枕他是不是算好了我一定会帮他打掩护，所以才这么有恃无恐？！"

"看来在陛下的教导下，娘娘的措辞水准都变高了。"小宫娥轻声道。

苏悦一愣。

她回神望了望一沓沓垒在桌上，摆放如昔的宣纸。

原来这世上竟有这样的人，授她以字，也还她以刀。

萧枕啊萧枕，你的甜言蜜语背后，到底有几分是出自真心的呢？

用过晚膳之后，小宫娥向她行了一个礼，端着托盘退了出去。

苏悦觉得心神俱疲，想躺在床上休息一下。

头挨到枕边，她却感觉下面有什么东西硌到了自己的脖子。她似乎想起了什么，将枕头拿开，想伸手去取下面的东西，然而——

她忽然怔住了。

枕头底下，整整齐齐地放着两样东西。

一样是大婚当日，萧枕送给她的长命锁。她把它置于枕下，是出于当时难得的少女心思。

这家伙对我这么好，我就勉为其难接受他的好意，把东西收着吧？

另一样，却是她从未见过的。

那是一个刻得极丑的木雕娃娃，正反两面，各有一张脸。

正面写着"毒蛇"，背面写着"弟弟"。龙飞凤舞的大字，苏悦是再熟悉不过了。

萧枕的手笔，准确来说，是扮演小可怜的萧枕的手笔。

——那个全心全意喜欢着苏悦的人的手笔。

正反两面都密密麻麻地扎满了针，苏悦简直可以用小可怜的神情来想象，当时他是怎么一边在上面用力地戳着洞，一边吐槽着觊觎他老婆的两个浑蛋的。

"皇兄是吧？留南境养老别回来了。"

"苏恒？那是你姐姐，你有本事娶，她有本事嫁吗？"

……

这个人怎么可以这么狠，为了扮演一个完整的角色，居然在自己的生活中每一分每一秒都在入戏，让人物更加丰满？

既然游戏已经结束了，为什么又要刻意留下这些道具，让她再看到呢？

混迹江湖多年，早已百毒不侵的大姐头，终于在这一刻流下了眼泪。

全盘皆崩。

"男人都是大猪蹄子啊！"

愤怒的观众将前几天还撩得他们欲仙欲死的萧枕骂上了热搜第一位。

自此，萧陛下终于将无数前辈选手全部拍死在了沙滩上，成了观众心头一根永远的刺。

屏幕上，苏悦抱着萧枕留下来的"礼物"，靠在枕边，沉沉地睡去。

此时，距离直播结束，还剩七天。

南境，苏恒军帐。

"陛下，不出所料，原定的宁王主力全部转向，拦住了我们北上的路。"聂铮走进来，送上前线最新的军报。

苏恒挑了挑眉："他们还真是打的如此无耻的算盘，想让朕来当一回竹篮打水的傻子？"

聂铮颔首："一切，都不出公主所料。"

苏恒笑了笑："那，咱们按照原定计划退兵吧。等到皇姐那边结束了，朕就风风光光地进入梁都，迎她回家。"

"是。"

苏恒垂眸，咽下了口中那句未出口的话。

说错了，是迎回，他的新娘。

"苏恒退兵了？"宁王一愣。

他本以为，苏恒会气急败坏地带兵亲自上阵，在南境与三郡的州兵展开背水一战。那么那个时候,他正好坐镇京城,看一场猴戏。

他顿了顿,再次确认道:"你确定他直接退兵了?什么异常都没有?"

探子摇了摇头。

"属下也觉得奇怪,还特意派人跟了晋军好几十里。但他们确实是退兵了,旌旗整齐,车辙不乱,有条不紊,不像是急行军的样子。"

"他麾下所有部队都在吗?有没有小队分支?"

"没有,确实是怎么来的,就怎么回去了。"

"那就怪了。"宁王皱眉,"这个节骨眼上,他不一鼓作气地冲进来分一杯羹,居然直接就走了?"

探子琢磨了半晌,出声宽慰:"殿下别多想,兴许是前路被拦,晋帝进退两难,见无计可施才拔营离开的呢?"

宁王却不能完全放下心。

"殿下,眼前,还是京城的局势更为重要啊!"

"不错。"宁王颔首,不再多做犹疑,"这样吧,苏恒那边,跟着的人还是跟着,一旦有风吹草动,马上向本王回报。"

"是!"

直播倒计时三天。

京城外,护国军和宁王从余晖城带来的七千骑兵将城门围成了一个巨大的铁桶,随时都有可能冲进城门。

陈太尉命令御林军死死守住城门,派人去清辉殿,请来了他最后的筹码。

苏悦双手被缚住，凝视着他，声音平静："走吧。"

她被推到了城楼之上。

陈太尉看着万军之前，高坐马上的萧玦，怒斥道："萧玦！你勾结妖妇霍乱朝纲！如今老夫已将这敌国奸细绑来，你莫要再执迷不悟！带着苏恒速速退兵！如此！老夫可以考虑留她一命！"

萧玦淡淡地嗤了一声，朗声笑道："陈大人？什么敌国妖妇？你确定你绑上城楼那人，就是真正的怀明公主吗？"

陈太尉见他神色坦然，不似作伪，心中大惊："什么？"

仓促之间，拽着苏悦的绳子往前推了一道。

她的脸，一瞬间暴露在了城楼下众人的视线之中。

宁王无声地笑了起来，开口道："你看……"

话刚出口一半，他忽然愣住了。

刺鼻的血腥味伴随着利落的出刀声猛地炸开！刀尖划过脖颈，血浆如泉般喷溅在他的脸上。

他的副将，瞬间被斩首！

身后传来声声战马的哀鸣，厚重的马蹄声不住地响起。

宁王阵列中，骚乱顿起。

城楼之上，城墙之下，齐齐震惊。

宁王勒马回首，高声怒道："你们是要造反——吗？"

骚乱的人员忽然齐齐从队伍中脱出，白巾裹额，口中高呼晋公主封号：

"我等誓死，向怀明公主效忠！"

刀斧声随声而起，齐齐斩向身旁措手不及的护国军部队。

城楼之下，血流成河。浓重的血色，将苏悦的双目整个浸染成猩红。

此时此刻，她终于明白，众人一直争抢的晋公主的虎符，到底是什么了——

不是别的，正是她自己。

"如何？"女人望着底下跪着的，瑟瑟发抖的医官，开口道。

医官闻声一颤，慌不择路地跪着往后退了好几下。

"臣……臣不敢说。"

女子勾了勾唇，神色淡然："你要再不开口，本宫就真的砍了你。"

医官一凛："是……"

在絮絮的话语中，女子无奈地以手抵额。

终究是，防不胜防……

明知道这一切会发生，也处处小心了，但还是让人钻了这个空子。

她抬起头，望着满殿熟悉的宫人，眼神一个一个地从她们的身上滑过。

每一个……每一个她都自认待她们不薄。

她知道口脂中含有毒药，甚至连替换品都找好了。

可是……

还是没能躲过去。

"呵……"她的嘴角露出一丝微笑。

输了吗已经?

未必吧。

"备车。"她对着下面吩咐道,"本宫要亲自去一趟余晖城。"

余晖城内。

连日的战火带来的烽烟味还在空气中弥散,到处是断井残垣。

抱子妇人眼角的泪水还未干涸,阵阵车辙声便重新在这片土地上回响。

端着破口水碗的伤兵提防地看着面前衣着华贵的女人。

那女人从车上被人搀扶而下,手里掩着一块帕子,不住地放在嘴边咳嗽。

"咳咳……"

帕子移开,她的嘴边绽出了一朵惨烈的红花,看起来触目惊心。

但她却毫不在意地将血丝抹去,低下头,望着伤兵道:"你们将军呢?"

一炷香后。

余晖城内仅剩的残兵,在空场地上秘密集合。

"见过公主殿下。"守军的将领向着女人抱拳行礼。

女人微笑着扶他起来:"将军快快请起,余晖城有此一难,皆为本宫之过。"

将军看着远处折断倒地的旌旗，手中握起的拳头，紧了又松。

"是末将无能，有负公主所托。"

"非汝之过，皆因罗氏余党与那梁国宁王勾结，罗氏野心不死，我大晋将永无宁日。"

女人转过身，看着面前这些带伤带残的士兵。

余晖城一战，城内百姓被围困到易子而食，城中守军却因为罗氏主将收下了宁王的贿赂，被勒令不准抵抗。

她可以斩杀罗氏主将，大快人心，却无法改变余晖城的惨状。

边境主城，内里百姓除了往来商客，大多是守军家眷在此落地生息。

他们被扼令放弃的，哪里是一座城？

那是他们自己的家人亲眷。

"啊——"队伍中有人发出了愤怒的吼叫。

不知谁得了消息，今日来城的，是当朝掌权的怀明公主。

台下有人高声质问——

"殿下在宫内高枕无忧！可知我边境城民日日不得安宁！"

"我知。"

"殿下一日三餐精米细脍！可知我妇孺伤残食草漱雪！"

"我亦知。"

"殿下居于内室运筹帷幄！可知我等在前方为你浴血拼搏！"

女人闭了闭眼，似乎是在忍耐什么，忽然双目圆睁，高声道："如此诸事！本宫皆知！"

她看上去瘦瘦弱弱的，但是声音却无比洪亮，盖过了台下所有的躁动不平。

"本宫今日来，就是想问你们一个问题。"

女子望着下面，朗声开口。

"是为人棋子，如牲畜一般苟活着，抑或是摆脱束缚，遵从本心去抗争？

"罗氏奸邪，汝等可愿食其肉剥其皮？

"宁王残忍，尔等可愿去那梁都手刃仇人？"

……

声声诘问，逼得下面的守军双目赤红。

泼天的愤怒，终有一日，会盖过无止境的强压，崩于一个顶点的时候，任何东西，都能成为压死骆驼的最后一根稻草。

女人缓缓道："本宫愿意成全你们，你们可愿意成全本宫？"

众人皆动容。

"吾等愿为公主所用——"

女人与他们约定：

他日梁国城楼之上，见她如见兵符。

尸体亦如是。

从她决定走上和亲之路的那天起，她就根本没想过要活着回去。

余晖城的守军全部混迹在宁王收编的护国军内，一时阵形大乱。

是敌是友，无法分辨。

宁王带着前排的先锋部队，逃到城门跟前。

后排阵形全乱，这个时候，根本凑不出一队完整的人来推撞城柱。

他存着最后一丝希望，拼命地带人拍打城门，对着城楼之上高声喊道："快开城门！放我们进去！"

陈太尉见作乱的是汇编在队伍中的晋国军队，心下大喜，冷声回道："萧玦，你自作自受，等死吧！"

宁王愤怒地望向他。

"陈子文——你疯了！两国相争，理应放下私怨，共同迎敌——你的良心，都让狗给吃了吗！"

城楼上的军人似有所动，有人悄悄往后挪动，似乎是偷偷给宁王开门。

然而，陈太尉几步向前，一把揪住行动之人的领子，手起刀落！

"哗——"

滚烫的鲜血溅了他一脸。

城楼之下，目睹了这一切的宁王军将士，发出嘶哑的哀鸣。

"不——"

陈太尉满脸是血，骇得城楼之上想要有所行动的人都生生止住了步子，吓得停在原地不敢动。他冷笑一声："老夫倒要看看，现在还有谁要给那叛贼开门的？"

四周皆静，无人敢开口应声。

转过头，他向着城楼之下叛乱的余晖城守军道"余晖城一战——实乃宁王之过——萧玦此人——任凭晋国处置！"

"畜生——"

城楼下的士兵们发出愤怒的吼叫。

城门不会再开了。

身后,复仇的厉鬼已经狞笑着举起了屠刀,要他们为曾经犯下的杀孽赎罪;身前,逃生的大门轰然关闭。

只差一步,只差一步就能活下去。

"啊——啊啊啊!"

有人崩溃,用尽全身的力气撞向城门。

"咔嚓……"

骨头被硬生生撞断,肝脏俱裂,血沫从口中不断地涌出……

与其束手就擒,不如现在就结束掉这一切。

一个人开了头,后面的人也开始跟了上来。

鸡蛋不住地磕向坚硬的石头。

满地都是狼藉的碎片,满地都是尚未干涸的血。

——恍若置身人间地狱!

苏悦静静地凝望着眼前的这一切。

所有人都疯了。是的,他们都疯了,就像那个荒诞的直播游戏一样。

人人都以为自己是神明,人人都认为自己可以随意操控他人的生死。

权力也好,直播也罢,其实本质上都是一样的。

都不过是通过操纵他人的生命来获得满足感。

总是把他人当作棋子，可是大千世界，谁又是谁的棋子？

陈太尉在城楼之上张狂地笑着，此时此刻，他当真是无比得意。

虽然他输了，但是宁王这条命，今天也算是交待在这里了。如此看来，谁也没比谁好过。

"哈哈哈……哈？"

狂妄的笑声，忽然被一道急速的破风声打断。

陈太尉难以置信地凝视着前方，他的额头上，一股鲜血顺着羽箭箭口的破洞处汩汩而下。

有人从他身后射了一箭，力道之大，居然横穿了整个颅骨！

城门"吱呀——"一声，开了。

黑色披风，银色面具的小队分列两边，用力撑开城门。

队伍的正中心，一个戴着暗金色面具的男人手持弓弩，从门内缓缓走出。

他偏了偏头，伸手取下了脸上的面具，浅褐色的瞳孔在阳光的照耀下，熠熠生辉。

门外的士兵们发出阵阵山呼。

"陛下万岁万岁万万岁——"

那是他们大梁的君主，他来救他们了。

·第十章·

不负相遇

有些人，初遇即是死别。

城门大开，宁王的部队从城外如潮水般涌入进来。

萧枕三步跃起，上了城楼。

苏悦正在那里等着他。

"你去了哪里？"

她故作平静，他不肯发声。

其实，两个人都知道，所谓的平静，只是装出来的。

苏悦笑了笑，望着城门外提着撞城柱不断撞击城门的余晖城将领。

大门发出不堪重负的哀鸣，显得那么摇摇欲坠。

门虽然开了，但是城内的守军，撑不了多久了。

"现在最正确的做法就是，把我杀了，然后告诉门外门内的人，妖妇已经伏法。城内会士气大涨,城外或许一蹶不振。"

萧枕望着面前的少女。

她真的很狼狈。

头发乱蓬蓬的,手上脸上,全是溅上去未干的血,就像他们第一次见面时那样。

但是即便是如此狼狈,她仍旧是这般气定神闲地告诉他,最正确的做法是什么,最理智的决策是什么。

任何情况下的针锋相对,她从来没有低过一次头。

萧枕笑了笑,拉满手中的弓弦,箭头直直地指向她的心脏。

"小骗子,有的时候,朕真的希望,你能不要这么聪明。"

苏悦闭上了眼睛。

耳畔破风声起,绑在她手上的绳索应声而断。

她猛地睁开眼睛,映入眼帘的是萧枕略带一丝疲惫和了然的笑。

"你看,你与朕皆是如此。朕不信任你,你也终究不会信任朕。"

苏悦松开绳索,甩了甩酸痛的胳膊,冷冷道:"是你先骗的我。"

萧枕无声地笑了,他望着苏悦眸中的利刺,一阵难言的无奈。

你错了,是朕输了。

朕以为自己骗过了你,其实只是骗过了自己。

城内的局势越发紧张。

此时,可调用的三郡沿线重兵全都被宁王调去阻拦苏恒的部队。

陈太尉已死的消息一传出,苏恒的队伍就忽然转向,死死地拖住了三郡的官兵。

此时,他们才真正明白,苏恒退兵的真正用意。

他想做的,是将真正的主力引开,让梁都沦为一座孤岛。

——正如当年余晖城一般。

这才是晋公主的报复。

宁王调出了府内全部的死士队伍,让他们冲出一条血路,带着皇族的虎符去其他各郡借兵,并且下令:"如有二心不愿借兵者,当场斩杀绝不姑息!"

苏悦被萧枕囚禁在了清辉殿之中。

事实上,除了这里,她根本无处可去。

现在整座京城里,到处都是喊着要"取晋公主首级"的士兵。

在他们的眼中,苏悦就是导致这一切惨剧发生的罪魁祸首。

那些人,个个恨不得将她碎尸万段!

"吱呀——"一声,殿门开了,浓重的血腥气扑面而来,苏悦忍不住皱了皱眉。

萧枕似乎刚刚经历了一场酣战,发冠歪斜,护甲上全是没了一半的箭头,衣衫被撕得粉碎,露出了手臂内里的肌肉。

他一进门,便直接向床榻边走来,不顾苏悦的避让,躺倒在她身侧。

"为什么不杀了我?"苏悦淡淡地问道。

萧枕一笑:"你是朕的皇后,朕为什么要杀了你?"

苏悦讥讽地笑了一声，举起了自己手臂上紧锁的铁链，示意他看："那么，陛下对我还真是好呢。"

萧枕伸出手抱住了她，低声道："别说话，陪朕待一会儿。"

靠在他怀中，她才发现，萧枕的身上全是伤。瘀青连着瘀紫，箭伤刀伤，一道叠着一道。

她闭了闭眼："你去处理伤口吧。"

萧枕的喉间发出无奈的叹息，他低下头，又一次咬上了苏悦的唇，呢喃道："说了让你安静，小骗子……你为什么总是不听话呢？"

甜腻的味道在口齿间蔓延开来……

苏悦没有想到，萧枕能够无耻到这种地步。

他到底要做什么呢？欺骗的外衣已经撕开来了，难不成他真以为自己会间歇性失忆给忘了？

舌尖上忽然一痛，萧枕松开了她，眉目间染了层霜，浓重的血腥味在口中弥散开来。

他顿了许久，终于……吐出了一口血，望着苏悦笑。

"你大概是朕见过的最凶的女人。"

苏悦伸舌舔去嘴角沾上的血："彼此彼此，你是我见过的最恶心的男人。"

萧枕垂眸，抱着她重新靠了回去。

苏悦冷着脸想要挣脱开，却被锁链绊住不能移动，只能狠狠地瞪着面前的人。

他埋首在她脖颈间，呼吸粗重，胡乱地亲吻着。

"你放心,朕不会一直锁着你的。"

只要这么几天就好。

最后这么几天,待在朕的身边。

然后,朕就放你自由。

苏悦不知道他说的"不会"究竟是多久,但她完全不在意。

因为她知道,还有不到两天,直播游戏就结束了。

到时候如果萧枕还不肯放了她,那么他能够得到的,也只有一具没有灵魂的空壳。

直播结束,当日。

宁王带着前锋军,又一次挡下了城门外的一次冲撞。

"咳咳……"

撞城柱的重压砸在他的腹部上,激得他喷出一口鲜血。

萧枕从城楼上跃下,落在他跟前:"还行吗?"

宁王口中含血,却仍旧强撑着捶了一拳萧枕的护甲,笑道:"比你强些,起码没被扎成刺猬。"

萧枕拍了拍他的肩膀,笑道:"皇兄可是未来的九五之尊,冲锋陷阵这种事,还是不要站得太前比较好。来人!把宁王绑了,拉下去!"

随着萧枕一声令下,几个无归城暗卫不由分说地冲了上来,绑起宁王就把人往城中带。

"萧枕——你给本王撑住了！"身后，宁王高声道。

萧枕淡淡一笑，重新跃上城楼，拉弓放箭。

弓弦一响，门外一人应声而倒。

"放心吧皇兄，有朕在，就是死，也不会让他们冲进来。"

一个时辰后，援兵到来，皇城之围在城内守军苦撑了三日之后，终于解开。

敌人被打败了，精疲力竭的士兵们开始清算主谋。

萧枕再也没有理由拦住那些愤怒的士兵了，他们冲进了清辉殿，争着喊着要杀晋公主苏玥。

他们说，一定要割下这个毒妇的头，用糠塞住她的嘴，把她的尸体拖去乱葬岗喂野狗。

苏悦却已然无所谓了，游戏结束，各归各路。她拿钱，萧枕拿权，至于这具壳子，想怎么拿去立威那是他的事。

宁王跟在士兵们背后，看着苏悦，神情复杂："原来……你真的是晋公主。"

"她不是。"

一道清冷的声音盖过了此刻的嘈杂，萧枕自众人背后走出，拦在了前面。

宁王的视线落在苏悦被锁住的手脚上，嘴角露出玩味的笑："陛下莫不是喜欢这女子，故而一定要为她开脱，撒下这弥天大谎？"

萧枕却淡淡道："朕说不是，她便不是。"

苏悦望着面前的男人，忽近忽远，似真似假，她永远捉摸不透。现如今，也再不想去琢磨了。

"陛下，都这个时候了，你还装什么深情呢？该怎么做就怎么做吧，我没有任何怨言。"她冷冷道。

萧枕没有回答，却拔出了身侧的佩剑，向着苏悦，一剑挥下。

一道血痕出现在她的手臂上，她垂下眼眸，问道："这又是什么意思？"

"朕这里，有罗氏指使宫人在公主的口脂中下毒的证据，真正的公主早已毒入骨髓，命不久矣。而这名女子，只不过是一个长得和她相似的替身罢了。"

鲜红健康的鲜血，顺着她的伤口滴答滴答地落下……

人群中已有人嚷嚷出声："晋公主诡计多端！即便下了毒，谁能证明，那毒药她是真的吃下去了，而不是将计就计？！"

萧枕淡淡一笑，声音却渐渐地沉了下来。

"朕能。"

"陛下……"

"朕说，朕能保证。"他淡淡道。

苏悦望着那个横在她身前的背影，无言。

他又想做什么呢？

苦肉计？真爱无价？

宁王看着他，开口道："即便你是陛下，也不可说出如此不负责任的话。"

萧枕却不理他，转过头来看向苏悦。

"你叫什么名字？"

"你问这个做什么？"她的眼中全是提防和戒备。

萧枕伸出指腹，轻轻地抹去了她脸上沾染的灰尘，察觉到身侧之人微微的僵硬，他轻声道："你我成亲这么久，我却还不知道你的名字，岂不是很没面子？"

苏悦沉默许久，才缓缓道："苏悦，悦耳的悦。"

我是苏悦，悦耳的悦，不是你们争来抢去的晋公主。

你失望吗？

她抬起头来，静静地望着他。

萧枕面上说不清楚是什么情绪。

他垂眸许久，终于抬起头来望着她："挺好听。"

浅褐色的瞳孔中带着阳光温暖的光晕，仿佛万千岁月中的惊鸿一瞥，他又变回了清辉殿中那个令她心动的青年。

下一秒，她觉得自己的脖子上重重地挨了一下，眼前一黑。

"隆隆……"

她好像是从什么久远的梦中清醒过来，伴随着耳畔的阵阵车辙声，渐渐清醒过来。

她睁开眼。

疾风掀起车帘，窗外的景色不断变换。如同来时一样，她此时正在一辆马车上。

不同的是，这一次，她的旁边没有惊慌失措的丫鬟，有的只是一个石青色的包裹。

她打开一看，是几件衣服、几张巨额银票，还有一封信。

信上用熟悉的字迹写着：吾妻苏悦亲启。

她不自觉地眼睛一热，然后强行把这种情绪压了下去。

妻子吗？她不是……

拾起信封，里面装有一个硬邦邦的东西，她心念一动，伸手掏出里面的东西——

是长命锁。

她放在枕头底下珍藏着的那个长命锁。

内里只附了一张字条，上面写着一行字：

第一个生辰，生辰安康。

……

"喂，疯女人，你生辰是什么时候啊？"

"我自己也不知道我自己是哪一天生的。"

"本来还想着，送你一份生辰贺礼……"

"我不在意这个，你要是有心的话，什么时候想起来，随便意思一下就行了。"

她用手盖住自己的脸，支撑着眼睛往车顶上看，想要忍住压抑着的情绪。

然而，眼泪还是从指缝间颗颗滑落……

原来，那家伙在那个时候就想好了。

原来，萧枕的礼物是，还她自由。

头好疼，真的好疼好疼……

回忆如潮水般纷至沓来。

为什么？偏偏在这个时候还要提醒她？

安静了多日的电子屏，此刻忽然亮了。

"玩家苏悦，您的生存直播游戏即将结束，下面为您结算当前积分。"

"目前结算积分为：一百三十七分。"

"恭喜您，您的游戏积分已达标，下面进入最后一选。"

屏幕上面已经公布了最后一个问题。

这个问题非常简单，简单到只有四个字：

是否回归？

A. 是

B. 否

现在选A的话，她将会完美地成为第一个完成这个游戏的人，在所有人艳羡的目光中，取走属于她的三百万奖金。

当然……

她伸出手指，摩挲着长命锁上凹凸不平的纹路。

那上面隐隐还能看到暗红色的血痂，那是大婚当日，萧枕拦在她面前，替她受下一道冷箭的时候沾染上的血。

正是那一抹艳色，染红了她心中的万里冰原。

"萧枕，萧枕……"她在口中喃喃地念着这个名字。

马车还在疾驰……

无数的画面从眼前掠过，如同走马灯一般，仿佛是她即将抽离这个世界的征兆。

——最后定格在一个坚实的背影上。

"以后这种事，朕来就好，你只需要站在朕的身后就行。

"你不需要这么坚强，软弱一些也无妨。

"因为，你还有朕。"

……

就算……就算这些都是假的……

她也还是想……

再看他一眼！

她闭上眼睛，猛地向窗外一摔！

"嘭！"

这道题目，她选B。

疾驰的马车骤然停下。

察觉到异样的黑衣人猛地掀开车帘，里面空空荡荡，坐在里面的少女，此刻已经不见了。

他叹了口气："何苦……"

当即掉转车头，往回程的方向奔去。

苏悦此时正艰难地在地上爬行。

从高速行驶的车上不要命地往下跳，没有摔死都是轻的。摔断一条腿，已经是意料之中的事了。

电子屏不断地闪烁着，跳出"警告"的字眼。

"警告玩家苏悦，时间一旦到达，抽离程序将会自动启动。"

"您的结局不会有任何的改变。"

"并且，作为违规的处罚，您将会失去您三百万元的奖金。"

"所以——即便如此，您还是要选择 B 吗？"

技术小哥在主办方的授意下，神情复杂地敲打上了最后一行字。

此刻，2078 年的直播间里，所有人都在屏息凝视，看着女玩家最后的选择。

苏悦笑了。

从来到这里开始，她的一举一动便一直由旁人操纵着，丧失灵魂，丢掉自我，去做一个供人取乐的牵线木偶。

"所以……"她缓缓开口，"我也想依照自己的心来选一次。"

不计后果，不论得失，只是听从自己内心的声音。

"现在，我的心告诉我——"

我想去见他，很想很想。

"您还好吗？"忽然，她的头顶冒出一个声音。

她抬起头，面前的人黑衣黑袍，戴着一副银色的面具，面具下的一双黑眸带着些忧虑地望着她。

车子已经重新停在了她身侧，黑衣人对她摆出"请"的手势，似乎是要请她重新上车。

"你是萧枕的人吗？"她问道。

黑衣人沉默着点了点头。

"萧枕他……在哪里？"

黑衣人摇了摇头："属下的职责只是，将姑娘送到安全的地方。"

"我不需要！"她怒道。

强行支起的身子，在脚尖触及地面的一刻又软了回去，豆大的汗珠从她的额上滚落。

黑衣人俯身似乎是想要扶她，却被她用力挥开了手。

"告诉我，萧枕在哪里？"

黑衣人仍旧是沉默。

"你大可以直接带我走，如果我没猜错，萧枕的命令是要我活。但是，你能看管我一辈子吗？"

她倔强地抬起头，眼神里是浓浓的胁迫……以及企盼。

黑衣人长叹一声，他终于明白，为什么陛下会在自己都没察觉到的情况下为她沦陷。

这样的眼神，谁都无法拒绝吧？

"一个时辰前，陛下便反锁了清辉殿的门，不让任何人进入。算算时间，此刻……应当是，自尽了吧。"

苏悦喃喃道："这个傻子……"

萧枕总以为自己绝顶聪明，却不知道，自己才是这天底下头一号的大傻瓜！

"求求你！"她猛地抓住了黑衣人的衣襟，"带我回去！我要见他最后一面！"

"国不可有二君。如今天下皆言我天生不祥妖瞳，又色令智昏，宠幸敌国妖妇，致使国将不国。杀了我替天行道，皇兄将来的天下，必定能坐得稳稳的。"

清辉殿内，宁王与萧枕分坐两端。

小桌的正中心，摆着一壶剧毒的鸩酒。

那是萧枕早就为自己拟定好的结局。

宁王望着对面神情平静的萧枕："他人谋算为求生，你谋算却是为了求死。这天下竟有你这般人，倒也是件奇事。"

萧枕淡淡一笑。

拿掉发冠，脱去冠服的他看上去整个人都变得轻松了。

也许这才是他本来的样子。天生异瞳不受重视的皇子，本就该在边远封地安安稳稳终老一生。

没有人关注，自然也就没有人算计。

"本就活不过三十岁，那为何不把这条命用在一些有意义的事情上呢？"

宁王望着他，一哂："就这么离开，后悔吗？"

萧枕没说话。

后悔吗？或许这辈子唯一称得上后悔的事情，就是直到相处的最后一刻，他都在利用那个女孩。

放走罪魁祸首晋公主的愤怒，才足以令历经战乱的人民毫不迟疑地将现任的帝王推上刑台，才足以让新秩序的确立，获得前所未有的拥戴。

愤怒，有的时候，是最好的收效品。

他曾经扮作秦未醒，戏谑地去问她："你这样护着萧枕，可是对他动心了？"

那个女孩毫不犹豫地承认了这一点："对啊，我动心了。"

他怔住了。

动心是什么？爱又是什么？

也许是习惯于表演情感，他已经忘了自己真实的情感到底是什么。

一片死寂的胸腔内，即便说着最动人的情话，他也听不到里面传来任何悸动的声音。

他……无法动心。

他一遍又一遍地抱着那个女孩，亲吻着那个女孩，想要感知到爱这种情感。

直到她对他说——

"你不会的。

"以后，有我陪着你。

"你绝对不会，一个人孤独地死在这里。"

多么温暖的话,好像这一生中,从来没有哪一刻如那般,让他有了活着的感觉。

就在那个时候,他听到,自己寂静的胸腔内传来了剧烈的跳动声。

"怦……怦……"

一下一下地重击着,砸碎了长久以来的寂寞,整个灵魂都仿佛在阵痛。

……

"那么,臣恭送陛下宾天。"

宁王躬身退了出去,清辉殿的大门轰然关闭,最后一丝光亮消失在逐渐合拢的缝隙中。

萧枕拿起桌上的酒壶,含笑给自己斟了一杯,向着远方遥遥一敬。

山河安稳,岁月静好。

然后一饮而尽。

"当啷"一声,酒杯从手中滑落在地,伴随着细细的血珠子,滴滴点点,打在地上。

恍惚之中,好像有人推开了清辉殿的大门,在大喊着他的名字,声音是那么的撕心裂肺——

"萧枕——"

他的身子轰然倒地,眼睛望着门外的方向……

孤独地合上了双目。

他说他生来不被人所喜爱。

他说他最怕孤独。

他说他此生唯一惧怕的,便是一个人死在这冰冷的宫殿中。

可是——

这个生来不祥之人,这个被众人厌弃之人,却最终为了天下人,放弃了自己的生命和自由。

最终……

他还是一个人死在了那个关了他一辈子的清辉殿里。

在踏入清辉殿大门的前一秒,苏悦的时间到了。

抽离系统被强制启动,她感觉到自己身体里的力量在一点点地流失,猛地摔倒在地。

不知何时闯进梁都的苏恒,急速地向她奔来。

"阿姊!"

怀中接到了一个软软塌塌的身子,苏恒颤抖着,伸手去探她的鼻息……

忽然,他难以置信地睁大了眼睛!

"阿姊……

"阿姊,你睁开眼看看我……

"阿姊,求求你……"

他像一个丢失了心爱的玩具的孩子,拼命地摇着怀中的少女。

但是,徒劳。

她眼中的神采以肉眼可见的速度慢慢消退,直到一双眼化为两抹空洞的琉璃色……

她死了。

苏恒感觉自己的手指似乎碰到了什么东西,他低下头一看,那是一个明黄色的长命锁。

锁的正中心,有人用不甚熟练的刀法,在上面刻了一个小小的"枕"字。

苏恒像是忽然明白了些什么,双目一下子变得赤红,口中发出了困兽一般的嘶吼。

"啊——"

他拔起身旁的佩剑,发狠般地向长命锁砍去!

"哐——"

为什么直到最后,你的眼里都没有我!

"哐——"

为什么你要在我面前,握着萧枕的东西去死!

"哐——哐——"

为什么……为什么……为什么?

一刀又一刀,地上只剩下了碎块飞溅之后留下来的残渣。

长命锁碎。

自此,夫妇二人,一人离去,一人独留于世。

上至碧落,下达黄泉,死生不复见。

终于,像是耗尽了全部的力气一样,苏恒手中的长剑,倏地落在地上。

宁王站在一旁，微微蹙起眉头，望着坐在地上失魂落魄的苏恒。

"晋帝，这里是梁都清辉殿，如此蛮横闯入，大闹一场，恐怕不大好吧？"

苏恒像是没听见似的，抱起地上少女的尸首，口中喃喃着："阿姊，阿姊，我知道你不喜欢这里，我们走，我带你回家……"

"晋帝，你要如此带走我大梁先皇后似乎不……"

苏恒回头，给了宁王一个极其冷漠的眼神，犹如在看一介草芥。

"……滚。"

阿姊，我带你走，我带你离开大梁。

我要你永生永世都不再见萧枕。

我要你，永生永世，陪着我。

到我老，到我死。

2078年直播间。

"……"

眼皮颤了颤，苏悦从沉睡中睁开眼，望着直播间顶上密密麻麻的摄像镜头和缆线。

她回来了。

主办方沉默地替她取下头盔，解开仪器椅上的束缚。

"祝贺你。"

他伸出道谢的手僵在半空中，苏悦抬了抬眼皮，连个回应也欠奉。

四周忽然传来一阵骚动，主持人兴奋的介绍声打破了这一尴尬的场面。

"好的,下面让我们欢迎我们的投资人,华国天一科技的创始人兼董事长宋凛先生!"

宋先生走了过来,礼貌性地跟苏悦握了握手。

"你好,苏小姐。很荣幸地告诉你,你是我们举办这个生存直播游戏以来,目前唯一一个通过最后一个问题考验的人。"

苏悦平静道:"是吗?"

"其实试验阶段的时候,曾经也有过挑战者撑到了最后,但是,他们最终都为这三百万放弃了自己的本心。"

"苏小姐,你是唯一一个能够在最后一刻有勇气跳出束缚,遵从自己内心决定的人,我很欣赏你。"

苏悦看着面前这位从商男子真挚的样子,心中涌起一阵恶心。

她冷冷一笑:"操控他人所带来的满足感,真的那么有趣吗?"

宋先生嘴角的微笑僵了一瞬,继而恢复如常。

"苏小姐说笑了。"

苏悦完了弯腰,对着他深深地鞠了一躬,抬起头,嘴角露出了一抹恶意的微笑。

"我真希望将来有一天,宋先生自己也能进入游戏,去体验一把所谓的'遵守本心'的快感。"

苏悦获得了天一科技拿出的,整整三百万的奖金,除此之外,她还成了年轻人最热衷的偶像。

无数的鲜花和掌声将她团团包裹，即便是最当红热门的明星，也不如她的商业价值高。

她把小琪送进了最好的医院，自己则住进了二十四小时有人严密保护的大房子中。

早上睁开眼，华丽的吊灯，巨大的落地窗，窗外被白色栅栏围起的绿植，无不在提醒着她。

苏悦，你仍旧活着。

你活在一个黄金筑成的监牢中。

日子一天天地过去，她也在一天天地改变着。

直到有一天，她接到了一个电话。

"您好，请问是苏悦小姐吗？"

苏悦此时正躺在屋外阳台的摇椅上，挂着墨镜闭着眼睛享受着午后的惬意时光。

她懒懒道："是我，怎么了？"

"是这样的，苏小姐。时空机的性能经过过去这两年的调试，又有了不小的进展，我们想邀请苏小姐参加新的古代投放实验，不知道苏小姐……"

"我拒绝。"苏悦想都不想就要按掉电话。

那人似乎早就料到了她会这么回答，接着说道："您可以自由选择所希望投放的时空点。"

苏悦挂电话的手指一滞。

"那么，是任意时空点都可以控制吗？"

"是的,都可以。"

她的声音有些微微发颤:"那么……身份呢?"

"随您的心意。"

死寂的心忽然悸动了一下。

她觉得,自己想见一个人了。

梁国国纪一百二十七年。

此时正是隆冬时节,整座山上所有的活物都已经随着大雪的降临而销声匿迹。

少年靠在半山腰的一处天然洞窟内,瑟瑟发抖地搓着手哈气,想要获取一丝温度。

但他不敢生火,因为他知道,只要有火光,那些人就能够轻易地顺着烟尘升起的方向找到他。

然后杀了他。

只是因为生下来眼睛的颜色就和旁人的不同,所有人都视他为不祥。兄弟姐妹避着他,下人们躲着他。

而现在,他只是想要活下去,他们都不允许了吗?

一个流放边地,完全不受宠的皇子,究竟是挡住了哪家的路?!

"啪嗒啪嗒……"

雪地里似乎有人行走的脚步声。

不对!不是一个人,似乎是一群人。

是来杀他的人吗?

少年屏住呼吸，死死地把自己缩在洞里不敢出声。

脚步声渐近，他听到了一声女人焦急的呼喊："公主殿下……您跑慢些，奴婢……奴婢快跟不上您了！"

公主殿下？

少年蹙起了眉头。

这冰天雪地的大冷天，谁家的公主殿下跑到这种荒郊野地来玩？

忽然，一张稚嫩的面孔猛地出现在了他的眼前。

他骇得一抖。

那小女孩见他吓到了，便"咯咯"地笑了起来。

"哈哈……你小的时候，还真的很像一个小可怜。"

小女孩望着他，眼中露出了一种和年龄十分不相称的感慨。

这样怪异的别扭感，却诡异地令他感到熟悉和亲近，好像他们已经认识许久了似的。

他从洞中钻了出来，疑惑而戒备地望着她："你认识我？"

小女孩一哂："抱歉抱歉，忘了你现在不认识我了。"

他皱起了眉头："什么意思？"

她望着面前的少年，忽然想起多年之后在梁国刑房的小院中，她喊住了那个救下了她许多次的黑衣蒙面人。

彼时她正被那诡谲多变的局势折腾得满头是包，好不容易碰到一个人形外挂，结果还有可能是别人家的。

于是，她有些不服气地问："你为什么要救晋公主啊？"

蒙面人顿了顿,回头望着她:"她于我有恩,我便还她一报。如此,方可安心。"

原来如此。

她抬起头,对着少年一笑:"我既救了你,你便陪我在这山中玩上一遭,如何?"

少年虽不大明白她的用意,却也勉强点了点头。

"好。"

"那么,初次见面,我们认识一下,"她望着少年笑,"我是苏玥,月中之王的玥,晋国的怀明公主。"

少年也故作老成地回答了她:

"大梁九皇子,萧枕。"

·番外·

01
苏玥篇 一茎两枝

我是苏玥,晋国的怀明公主,晋国皇室的长女。

原本的公主在八岁那年就因为落水后高烧不退,活生生地病死了,于是便刚好便宜了我,霸着这个身体,养了它近十年。

不过,许多年之后,我并不叫这个名字。

那个时候,我叫苏悦,是距今七八百年后的世界里的一个女混混。

我刚生下来的时候,就被人遗弃在福利站的垃圾桶旁边。后来,我的养母外出捡垃圾的时候,从一堆易拉罐里发现的我。

这大概也就是为什么,我后来会养成去大街上捡孩子的习惯。

捡完也就算了,还得自己好好养着,要是没养好,还会心疼个老半天。

我这一辈子捡过两个最让我头疼的孩子。

一个叫小琪，因为她的病，我才会参加这个坑爹的生存直播游戏。

另一个吧，年纪有点超额，但是孩子气一点没少。

虽然捡完很久以后我才知道，这小子是骗我的。

好了，说了这么多废话，我现在的状况其实非常不好。

因为我已经死了。

旁人眼里生杀予夺、大权独揽、聪明绝顶的晋公主，居然在已经知道自己会死于口脂中毒的情况下，还是这么倒霉地被身边人给毒死了。

说起来，我还真是给我们黑化心机圈的前辈们丢人现眼。

不过我不在乎，因为我知道，在外人眼里，我很快就会重新活过来。

一个叫"苏悦"的女混混将会占据这具名叫"苏玥"的公主的躯体。

飞驰的马车外，四处都是追兵。

我飘在空中，静静地望着自己那具已经没了呼吸的身体，忽然动了动手指。

我望着她缓缓地睁开那双迷茫的眼睛，正如我自己当初那样。

也许当初我刚睁眼的时候，脑袋旁边也飘了这么个"我"？

想起来还真的是蛮吓人的。

不过，下一秒，我就看到一支凌厉的箭矢，救下了马车内的苏悦。

我心头一动，从十年前那次在山中救下他至今，我与他已经有十年不曾见过了。

梦里的他仍旧是当年大婚的时候墨发红衣的青年，他抓着我的手,沿着长长的礼阶一路向前走,好像永远也不会走到尽头。

这场梦一直陪伴着我。

伴我撑过先皇病逝最艰难的那六年,伴我踏上罗家染血的大婚宗祠,也伴我走过风云诡谲的朝堂。

我的手上,沾染上了越来越多的人的鲜血。

从前的苏悦在时光中慢慢死去,留下来的,只有一个为了皇权而不断谋算的女政客。

怀明怀明,心怀日月,盛世清明。

我的身后,是晋国数万万的子民。我不能输,也不能退。

渐渐地,我连在梦里,都快看不清他的脸了。

我只记得是他教我识字,带我学习兵法,在沙盘上与我周旋,让我懂得了纵横博弈之道。

世人不知,怀明除开朝政之外,在这天下在意的,唯余一个萧枕。

可是我知。

但是,上天似乎是为了惩罚我这些年犯下的杀孽。

风掠动车帘,他的身形渐近的时候,我感觉到,自己的视线开始慢慢模糊……

终究还是迟了一步。

这一次,我依旧没能见他最后一面。

恍惚之中,我好像闻到了阳光晒在青草上的清新气息。

我睁开眼睛,发现自己正处在一个小院落里。

篱笆外面种了一圈又一圈的花,毫无颜色搭配、阵形章法可言。这样奇差的品味要是出现在我们大晋的皇宫中,我大概会把那个种花的宫人扔到池塘里去喂鱼。

我走向紧闭的窗棂边,却惊讶地发现,自己居然可以直接穿过去。

低头望了望透明的手指,我哂笑一声。

什么嘛?还以为是时来运转,原来我还是死了。

一个长相极其俊美的布衣青年,撑着头靠在椅子上,似笑非笑地望着正在桌前和纸笔奋斗的少女。

"娘子,不过一首简简单单的《鹊桥仙》,你却写了整整一下午。如此天资,实在是令为夫汗颜。"

少女额角的青筋似乎跳了跳,撸了把袖子回头恶狠狠地瞪了他一眼。

"萧枕,我警告你啊,别以为我不知道你在拿秦观的词套路我!"

青年手握成拳,搁在嘴角轻咳一声:"娘子好学识,是为夫低估你了。"

"你知道就好!"

我望着他们,十多年不曾红过的眼睛,今日忽然有泪水从眶中奔涌而出。

"啊!对了!这个给你!"少女忽然将手伸到胸口的内袋处,从里面掏出了一件东西。

青年疑惑,我亦不解。

下一秒,我怔住了。

那是一个明黄色的长命锁。

思绪万千，一时不知从何说起。

我曾将一颗心托它交出，真真假假，似真似幻，辗转经年又回到我的眼前，而把它交给我的那个人，却早已不知道在哪个时空的轮回中化为了沙尘。

青年愣了一下，然后轻笑一声接了过来。

"为夫当日给你的定情信物，你这么交还回来，莫不是想悔婚？"

少女瞪了他一眼："你这种大骗子会不知道我是什么意思？还给我装傻？"

看她好像真的生气了，青年的眼中流露出几分愧疚和宠溺的眼神，他笑着伸手一拉，少女惊呼一声，便跌坐在他怀里。

他把下颌抵在她柔软的发顶上。

"我知道……长命锁，锁长命，悦儿你放心……我定会长长久久地活下去，一直一直陪着你，直到我们同穴而葬的那一日……"

少女脸上露出满意的神色，嘴里却还在絮絮叨叨："我跟你说，这玩意儿可是我那天从苏恒的剑下好不容易夺下来的，那熊孩子快吓死我了，提着剑眼睛都红了，二话不说就要劈了……"

青年用一根手指封住了她的唇，眼带笑意："他这是嫉妒你爱我。"

"……嗯，他嫉妒我们。"

……

无数的时光轮回中，终究有这么一次，萧枕和苏悦，这一生将会永远在一起。

我庆幸着，我与她，不再是一身一命，两个时空。

——而是并蒂双朵，一茎两枝。

手指的透明感越来越重，好像是灵魂被抽干，逐渐消失在空气中的样子……

我静静地凝望着那个幸福的少女。

此后，她与我不再有关联，永远不再有。

身体的雾化越来越明显，我用尽最后一丝力气，在青年的嘴角上轻轻吻了一下。

这大概是我临死之前，收到的最好的礼物了。

青年怔怔地抬起头，有一瞬间的恍惚。

"啪嗒。"

一滴泪，毫无征兆地从他的眼角坠落。

怀中的少女抬起头来看着他，疑惑道："你怎么忽然哭了？"

青年摇了摇头，方才有那么一瞬间，感觉整个心脏狠狠地抽搐了一下，似乎有什么巨大的悲伤要从里面呼啸着奔涌而出。

他对着少女笑了笑："行了，继续练你的《鹊桥仙》去。"

"好吧。"少女对着他翻了个白眼。

青年拿起书，笑着说："那……我念一句，你念一句。"

"行。"

"金风玉露一相逢。"

"……金风玉露一相逢。"

"便胜却人间无数。"

"……便胜却人间无数。"

……

两情若是久长时,又岂在朝朝暮暮。

苏玥篇·一茎两枝

/完/

·番外·

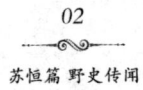

苏恒篇 野史传闻

"陛下,这是礼部送来的大选画轴。"聂铮将礼部准备的秀女大选画轴搁在苏恒的案桌上。

苏恒批奏折的手顿了顿,抬头望着他,有些不悦:"谁让送来的?"

聂铮沉默半晌:"陛下,这是公主殿下的意思。"

苏悦脸上的不悦越发明显了。

他有些不耐烦地挥袖一扫。

"哗——"

画轴骨碌碌地滚了一地,各色的美人图在大殿内四散铺开。

"这是怎么了?谁又惹陛下生气了?"一个年轻却满含威严的女声在殿内响起。

苏恒闻声眼睛一亮,惊喜道:"阿姊!大白天你怎么有空过来?"

女人却没有回应他,而是望着地上四散的画轴,淡淡问道:"这些姑娘,恒儿可是都不喜?"

苏恒忙不迭地摇着头:"不喜不喜!"

女人无奈地叹了口气。

"罢了罢了,阿姊再为你找更好的,"说着她转头看向聂铮,"让人把这些都收拾了吧。"

聂铮颔首:"是。"

……

"其实那时候,我真的很想告诉你,我谁都不要。我这一生,有你就够了。可是……你到底什么时候才能睁开眼睛,听我说出这一句话呢?"

晋国最尊贵的皇帝陛下,此时此刻正披头散发地抱着一个酒坛子,醉倒在一个冰棺边,深情温柔地望着冰棺里的少女。

四十多年过去了,她的容貌依旧鲜艳如新,仿佛还是当年那个名动天下的晋国公主怀明,就好像是下一刻就会悠悠醒转。

这个下一刻,他等了足足四十多年。

白日里,他是勤勤恳恳、劳心劳神的帝王,而到了夜晚,卸下一切尘世枷锁之后,他都会来到这里。

就像是她当年还在的时候那样,无论是政事上的问题,还是情绪上的烦恼,他都会说给她听。

"今日户部上交了今岁的余晖城通商关口税铜,比之梁国,我们赚了足足三万万钱。那萧玦在殿上,必定要气得跳脚。"

"前几日鸿胪寺卿说波斯使臣来访时,上贡了一批刺绣绸纱,绣工虽比不上制造处的那些绣娘,倒也胜在花色出挑,朕便命人给你做了新的床幔,现在已经让人给你换上了。不知,阿姊可喜欢?"

他怔怔地抬起头,望着冰棺内无动于衷的少女,眼中流露出一抹刺痛:"你一向如此,朕便当你是喜欢了。"

是了,她一向是如此。

幼年时候,父皇驾崩不久之后,母后也因伤痛逝世,十岁的他便在罗氏的扶持下,战战兢兢地坐上了皇位。

宫中一下子多了许多流言。

许多人都在说,他不是皇族血脉,而是罗氏为了稳定权势借托的假子。

罗氏铁血,杀掉了所有这么说的人,妄想堵住天下人的嘴。一时间,朝野上下,人人自危。

皇家子弟一向早慧。十岁,对于他们来说,已经足够拥有成年人一半的心智。

然于他而言,这样的行为,无疑是侧面证明了这些话的真实。

一个风雨交加的夜晚,他偷跑出寝殿,躲进了宗庙里。

望着苏氏祖辈的历代牌匾,整齐罗列在上,他心头一阵酸楚。

每年大祭的时候,他一心一意供奉的先人,其实与他毫无关系。甚至,对于他们来说,他只是一个窃国的小人。

"吱呀——"

宗庙大门忽然开了,撑伞的少女推门而入。

"你果然在这里。"她对着他笑道。

他愣愣地抬起头:"皇姐?"

叫出声后,他愣了愣,又低下头去:"不是……怀……怀明公主。"

他并不是什么皇族,所以这个女人自然也不是他的姐姐。

"啪!"

"哎哟!"他忽然吃痛地叫了一声,望着少女一脸茫然。

少女轻描淡写地收回了敲他头的手:"当了皇帝就能这么没大没小了吗?你的夫子怎么教的你?叫阿姊!"

他愣愣地张了张口:"阿……阿姊?"

少女的脸上终于露出了满意的笑容。

"这才听话嘛!"

似乎是看穿了他的所想,少女抿了抿嘴角,然后坦然道。

"你以后要记住,你既然叫我一声阿姊,我便认下了你这个弟弟,从今以后,无论你遇到什么问题,我都会拼尽全力地去保护你。"说着,她垂下了眼帘,喃喃道,"若是他如你这般大的时候,也有这么一个人拦在他前面,他是不是就不会变成后来那个样子了?"

他一时有些疑惑:"阿姊……你在说谁?"

少女似乎猛地回神。

"啊?哦……没有。"

他没有再往下问,或许,她有她不想说的理由吧。

后来年岁渐长,一次又一次地躲在她身后,让他终于把这个瘦弱却坚强的背影装在了心里。

有时候从梦中醒来，偶尔看到床头坐着的她。她的神情是那么的温柔，又隐隐带着一丝哀伤。

那双眼睛望着他，又好似透过了他，在凝视着一个虚无缥缈的影子。

——那是别人的影子。

他伸手环住了她的脖子，借着少年人的撒娇，抱住了她，避开了那令他不适的眼神。

真好。

这样，阿姊就是真真切切属于他的了。

等到再也不能借着撒娇握住那双洁白柔软的手的时候，他终于察觉到了自己的疯魔，再也无法容忍她看他时候的眼神。

阿姊，你在望着我的时候，究竟是在看谁？

但是，他不敢问。

他怕自己问了，梦就醒了。

直到许多年之后，她去梁国和亲。

清辉殿之外，她手中握着那个写着梁国皇帝名字的长命锁，沉沉地睡去。

他才终于明白。

为什么她可以保护他，可以拥抱他，可以容忍他所有的任性，却从不愿意去爱他。

明明他们根本没有血缘关系，她却亲手划下一道鸿沟，自己不过来，也不准他过去。

他发了疯似的将那个长命锁劈开，一刀又一刀，一下又一下，像是在报复这二十年来的恨意与委屈。

有风吹过，拂去了地上劈碎的碎屑。

就这样吧，爱也好，恨也罢，你们之间所有的证明都消失了。

再也没有人能和他抢他的阿姊了。

……

从今以后，你只属于我一人。

晋国国纪二百七十三年夏，晋帝苏恒崩于正殿地下冰室，享年六十一岁。

七日后，依照其生前遗旨，葬于地下冰棺之内，相传他与故去多年的怀明长公主同穴而眠。

此事关乎宫闱秘事，且有冒天下之大不韪之嫌，皇室众人，多三缄其口，揭过不提。

故而相关记载不见正史，只有野史秘闻中，稍有涉及。

个中真假，悉自甄辨。

苏恒篇·野史传闻
/ 完 /

· 番外 ·

03

正月篇 清辉殿杂记

甜食记

梁国国纪一百三十七年腊月十七,午后。

苏悦撑着头,握着手里的笔昏昏欲睡。

小可怜可能真的是个魔鬼。

她不过就随口评论了几句毒蛇兄的战报,结果那家伙居然就上心了,还要她学这么多奇奇怪怪的东西。

抄字帖、读兵法、画沙盘……

你瞧瞧,你瞧瞧,这是人干的事情吗?

小宫娥在旁边瞧着,把一盘刚炸好的蟹壳黄端到她手边。

"陛下说,娘娘不喜甜,就让小厨房做了这个。"

苏悦闻着香味眼睛一亮:"他怎么知道我不喜欢甜食的?"

小宫娥对着她,脸上露出了谜一样的微笑。

"陛下说,大概是因为您最早注意到他,就是因为他把您从宁王殿下送的甜点里解救出来吧?"

苏悦觉得自己好想反驳,但开不了口。

小可怜为什么这么一语中的?!

"有道理。"

一炷香的时间后,苏悦枕着两只油爪子,趴在桌上睡得正香。

暖阁的门开了,一个高大的身影轻手轻脚地从外面走了进来。

"怎么睡着了?"他轻声问道。

小宫娥对着他恭敬地行了个礼:"大概是吃太多困了。"

萧枕点点头:"去给她煮些消食的茶吧。"

"是。"

萧枕坐在桌边,看着她满纸的鬼画符,不禁有些失笑。

"朕的时间不多了,你可得快些学会啊……"

他伸出手,顺着她眉眼的轮廓,一点一点地用指尖临摹着。

这里是眉,这里是眼,这里是鼻尖……

指尖缓缓滑落,贴到了一抹柔软的东西。

睡梦中似有所动的少女咂了咂嘴,含住了嘴边的不速之客,吮了吮。

萧枕的指尖一颤。

"没味道?"她嘟囔着,正待进一步品尝,口中的食物忽然消失了。

一股灼热的气息霎时接近了她,有什么东西贴在她的嘴角碰了碰,就好像在品尝一块糖贻。

"真甜。"

他舔了舔嘴角,眼中带着笑意。

此时窗外更漏刚好盛满,午后正静,和风正熏。

夜宿记

梁国国纪一百三十七年腊月二十,夜。

"……所以你为什么会在这里?"

苏悦一脸警惕地望着就寝时间出现在她房间的萧枕。

然而对方完全不跟她客气,就着外袍就这么躺到了她的枕头上。苏悦伸手去拉他,他还一脸无辜地望着她。

"娘子真是好不讲道理,都是夫妻了,还这么端着。"

"你给我好好说话!"

"好了,疯女人,别凶了!"萧枕用手捂住自己的耳朵,皱眉道。

然而,并没有半点起来的意思。

苏悦望着厚脸皮赖着不走的某人,挑了挑眉:"你到底想干吗?"

萧枕抬起头,眼中闪过一丝笑意。

"睡你。"

……

回报他的是高高扬起的簪子，苏悦刚刚从头上拔下来的，现在正拿在手中："给你一个重新组织语言的机会。"

手背上忽然一阵暖意，萧枕抬手握住了她那只空着的手，往他的胸口贴，低笑道："来，扎吧，朝这儿扎。"

苏悦握着簪子的手渐渐地松了下来。

她翻了个白眼："算我怕了你了。"

萧枕翘起嘴角，眼中全是得逞："就知道你舍不得。"

苏悦磨了磨牙，挤出一丝笑："呵呵，是吗？"

据当晚值夜的小宫娥说，陛下那天晚上在暖阁外的卧榻上缩了一夜，到天亮也没再进去过。

次日，苏悦神清气爽地起床，特意去外面看了眼受难的小可怜走了没有。

出乎意料的是，这家伙……

居然真的还在？

晨曦洒在他的脸上，敛去了眉眼处的不少锋利，看上去越发纯良无害。

天都亮了，他还睡这么香。

苏悦恨死了自己这个软心肠。

"……你们几个，过来搭把手，把他抬进去！"

闭目养神的某人嘴角偷偷扬起。

刻木记

梁国国纪一百三十七年腊月二十二,午后。

"好了。"

萧枕望着自己手里自主完成的木刻小人,难得满意地点了点头。

黑衣人站在一旁,偷偷瞟了好几眼。

萧枕连头都没抬:"想看就光明正大地看。"

于是,黑衣人低下头来端详了半晌,才讷讷地问道:"……陛下,这是?"

木头的两面,各刻了一张丑得不能更丑的人脸。

黑衣人心下一哂,看来咱们这位英明神武的陛下,似乎……确实在木刻方面,没什么天赋。

"别以为朕不知道你在心里骂朕刻得丑。"

黑衣人顿了顿:"陛下恕罪。"

萧枕本来也没打算问他的罪。

他此刻心情极好。

握着这个木人,他的嘴角扬起一抹笑,他甚至能想象到隔壁那个小骗子看到这个东西时,会笑得比他还要灿烂。

大笔一挥,他在正反两面各写了一个名字。

正面是"毒蛇",背面是"弟弟"。

然后挑了挑眉,提起刚才的刻刀,在上面戳了无数个窟窿。

"……"

黑衣人在一旁看得心惊肉跳,陛下难不成疯了?

终于,大功告成。

"您这个,是要送给苏姑娘的?"

萧枕点点头。

把情敌做成木头小人送给妻子,您还真是个有想法的人。

萧枕盯着手里的木头人,笑了笑。

小骗子这么聪明,一定能理解他的意思。

既然嫁于朕,便是朕一个人的妻,其他闲杂人等,便如此木头人。

来一个,除一个;来一对,除一双。

……如果真的能这样就好了。

殿外忽然传来一阵动静,似乎是密集的人手跑动声。

萧枕面上的笑意一点一点地冷了下去,他望着身旁站着的黑衣人,淡淡道:"来了。"

陈太尉似乎是先闯进了隔壁,苏悦和他对峙的声音,已经隐隐传进了这边。

黑衣人对着他躬了躬身:"那属下先告退了,剩下的事,请陛下保证自己的安全。明日子时,属下会去天牢内接应您。"

萧枕微微颔首。

终究还是到了这一天……

他望着那个丑丑的木人,最后笑了笑,将它藏到了奏折堆的底下。

小骗子,这一次朕希望自己是真心的。

起码这一瞬间,我是真心的。

正月篇·清辉殿杂记
/完/

　　本书由苏皮皮委托长沙大鱼文化传媒有限公司正式授权贵州人民出版社,在中国大陆地区独家出版中文简体版本。未经书面同意,本书的任何部分不得以图表、电子、影印、缩拍、录音和其他任何手段进行复制和转载,违者必究。

大鱼文化 & 小花阅读
面向全国招聘兼职签约作者
长期有效哦！

公司介绍：

　　大鱼文化是中国一线青春文学图书策划公司，多年来与数十家国内出版社深度合作，每年向市场推出三百余个品种的青春类畅销图书，每年签约推出新人作者近百名。

　　其中公司子品牌"小花阅读"立足传统纸质出版，引导青年休闲阅读风向，主力打造和发掘新人创作者，采用编辑指导创作模式，创作出适合市场的优质阅读产品。

　　现面向全国各高校招聘兼职新作者。

我们的工作说明：

还未毕业？有其他正式工作？看清楚了，我们这次招的就是兼职！
从未有过发表史？国内一线青春编辑亲自教你点滴成文！
想要出版一本属于自己的图书？国内一线出版公司专业签约护航！
想要一份收入稳定岁月静好的兼职工作？做做白日梦写写小说最适合不过。

兼职的要求及待遇：

年龄不限，学历不限；爱看小说，想要创作。
每天只要 2~3 个小时，日过稿只要三千字，宅在室内，风雨不惊，月兼职收入不低于三千元！

我们需求的题材

清新恋爱，青春校园，都市言情，甜宠萌文，古风言情，悬疑推理，奇幻武侠，科幻冒险……

应聘的流程：

1. 上网下载一份标准简历模版，按自己的真实情况填写。
2. 自行构思一个自己最想创作的长篇故事内容，撰写三百字内容简介，将故事分为 12~20 个章节，每个章节用 100 字以内说明本节讲述的主要情节（内容简介和章节内容加起来不超过 2000 字）。
3. 将上述内容用 WORD 文档整理好，格式清楚，一起发送到以下邮箱：dayuxiaohua@sina.com （两周内百分之百回复，如两周内未收到回复则可视为发送途中邮件丢失，可再次投递）。
4. 简历和创作大纲如有合作可能，公司将于两周内派出专业编辑一对一联系，进行下一步沟通，指导创作、签约等流程。如暂时不符合合作条件，则可再次努力。
5. 一经签约，作品将按国家出版规定签订标准出版合同，成为正式出版物，所有程序遵守国家法律法规要求。

其他说明：

　　了解大鱼文化图书产品风格类型，有助于提高签约成功率。

了解途径：

　　公司产品广布于全国各大新华书店青春文学专架、全国各大网络书城、淘宝大鱼文化图书专营店及各大天猫书店

　　微信公众号"大鱼文学"和"大鱼小花阅读"均有签约作者作品试读。

　　关注新浪微博官方号"大鱼文学"，有每月产品即时消息发布。

图书在版编目（CIP）数据

大梁生存直播间 / 苏皮皮著. -- 贵阳：贵州人民出版社, 2019.10
ISBN 978-7-221-15574-0

Ⅰ.①大… Ⅱ.①苏… Ⅲ.①长篇小说-中国-当代 Ⅳ.①I247.5

中国版本图书馆CIP数据核字(2019)第207150号

大梁生存直播间

苏皮皮 / 著

| 出版统筹：陈继光 |
| 选题策划：大鱼文化 |
| 责任编辑：潘　媛 |
| 特约编辑：雪　人　廖唯佳 |
| 装帧设计：颜小曼　孙欣瑞 |
| 封面绘制：画　措 |
| 出版发行：贵州人民出版社（贵阳市观山湖区会展东路SOHO办公区A座505081） |
| 印　　刷：长沙鸿发印务实业有限公司 |
| 开　　本：880×1230毫米 1/32 |
| 字　　数：188千字 |
| 印　　张：9.125 |
| 版　　次：2019年10月第1版 |
| 印　　次：2019年10月第1次印刷 |
| 书　　号：ISBN 978-7-221-15574-0 |
| 定　　价：36.80元 |

版权所有　盗版必究。举报电话：策划部0851-86828640
本书如有印装问题，请与印刷厂联系调换。联系电话：0731-82755298